열다섯
번의
밤

열다섯 번의 밤

신유진

15 NUITS
1984BOOKS

차례

Écrire quand même malgré le désespoir.

Non : Avec le désespoir.

절망에도 불구하고 글을 쓴다.

아니, 절망과 함께.

– 마르그리트 뒤라스

서문

시커먼 어둠을 가른 한 줄기 노란빛은 이제 사라지게 될 밤의 전조였다. 열다섯 번의 밤 동안 새벽에 일어나 가는 밤을 배웅했다. 그것이 온전히 간 후에야 나는 비로소 밤을 이야기할 수 있었다.

책상 서랍에 아끼는 초콜릿과 일기장을 숨기듯, 밤을 숨겨 놓았던 시절이 있었다. 다섯 개밖에 없는 딸기 맛 초콜릿을 딱 하나만 입속에 넣을 때, 일기장의 자물쇠를 열 때, 나는 밤을 꺼내 입고, 코를 고는 노인들과 아버지의 술주정과 어머니의 울음을 두고 달아났다.

문지방을 넘고 회색 담벼락을 넘자. 골목의 모퉁이를 돌아 나가자. 늦게까지 불을 밝히고 고스톱을 치는 과부들의 점포를 지나, 70% 세일을 날리는 망해 가는 현대식 백

화점을 뚫고 달아나자. 막차가 끊긴 기차역에서는 갈 곳을 잃게 되니 그저 길을 걷다 보면 조금 더 멀리 갈 수 있지 않을까. 아침이 되면 어김없이 붙들려 오는 줄 알면서도 나는 도주를 멈추지 않았다. 닿아야 할 곳이 분명히 있었기 때문이다. 나는 온전한 나의 세계로 가길 원했다.

스무 살 이후, 밤은 도망자인 나를 만만하게 보았다. 그는 더 이상 서랍 속에 얌전하게 갇혀 있던 그때의 밤이 아니었다. 도주의 길에서 그는 못되게 자라 나를 삼키기를 원했다. 나는 매일 돌아갈 수도, 멈출 수도 없는 지점에서 밤과 대치했다.

어느 날 5층 아파트 창문을 여니, 밤이 고요하고 평온한 얼굴을 하고 나를 불렀다. 너의 애씀이, 안달이, 비루한 오늘이 무엇을 위한 것이냐고 물었다. 그는 팔을 벌리고 어서 자신의 품 안으로 뛰어들라고 했다. 밤은 너무 자랐고 나는 성장이 더디니, 폭이 넓은 그에게 안겨 그가 내가 되고 내가 그가 되어 보자고 말했다. 그는 나의 도주에 마침표를 찍어 주겠다고 유혹했다.

그 밤에 나는 그를 오랫동안 노려보았다. 배신한 동지를 보듯 경멸의 눈빛을 보냈다. 너무 빨리 자란 밤은 허무주의자의 탈을 끝까지 벗지 않고, 나를 달래고 설득하고 꼬드겼다. 그때부터 나는 밤이 싫었다.

오래도록 밤을 미워했다.

내일의 대책도 없으면서 밤이 가기만을 기다렸다. 아침이 오면 오늘의 내가 모두 사라지지 않을까, 혹시 다른 내가 되어 있지 않을까, 미신을 믿듯 기대를 걸었다.

그러니 나는 밤을 싫어했고, 나를 싫어했다.

하루를 산 나를 마주하는 일이 나를 집어삼키려는 밤을 마주하는 것보다 더 징그럽게 느껴졌다. 필요 이상으로 밤과 나에게 모질게 대했다. 이제 와서 생각하니 그렇다.

열다섯 번의 밤을 보내며 밤과 함께 도주하는 나와 밤을 경멸했던 나, 그리고 나에게 버림받고 웅크리고 앉아 있는 밤과 나를 만났다. 여전히 괴로운 밤들이었다.

누군가 이런 이야기들을 쓰는 것이 무슨 소용이며, 무슨 의미가 있느냐고 물을까 봐 겁이 난다. 어떤 답도 주지 못하는 무용한 이런 글을, 그럼에도 불구하고 쓸 수밖에 없음에 미안한 마음이다. 무엇을 이룬 자의 따뜻한 조언이었으면 좋으련만, 무언가를 이루지 못한 실패자의 고백이 되었다. 무엇을 이루지 못해 숱한 밤 괴로워했으나, 이제는 무엇을 이루려 했는지도 잘 모르겠다. 아무것도 이루지 못한 나를 그냥 있는 그대로 받아 주었더라면 어땠을까, 그런 후회만 조금 남았다.

글을 쓰는 것이 현실로부터 달아나는 유일한 방법인 줄 알고 시작했다. 대단한 오해였던 것 같다. 글은 달아나는 나의 머리채를 잡고 끌고 와 앉혔다. 어느 날은 내 발로 순순히 따라오기도 했고, 또 어느 날은 개처럼 끌려오기도 했다.

다른 곳은 없다고 한다.

그러니 여기, 이 보잘것없는 세계가 나의 것이니 이제는 이 황무지를 내 것으로 끌어안아야 한다고 말한다.

손에 곡괭이 한 자루를 들고 아침을 기다린다. 도주에 실패한 나는 이제 밭을 갈 것이다. 꽃밭이 될지, 채소밭이 될지, 영원히 황무지로 남을지 알 수 없지만,

지금은 그저 갈아야 한다.

밤이 갔으니,

밤의 도주도 끝이 났으니.

열다섯 번의 밤이 갔다.

Toi,

내가 잃었던 밤처럼
혹시 나는 너를 그렇게 잃었던 게 아닌가
하는 마음이 드는 날,
내게 찾아오는 감정은 후회가 아니라 절망이다.

나는 내가 잃은 것들에 절망한다.

너는,

내가 좋아하는 밤에는 늦은 가을과 커피믹스, 박완서의 나목 그리고 네가 있었다. 나는 다정한 라디오나 슬픈 멜로디 한 소절 들리지 않는 침묵의 밤을 좋아했다. 커피를 홀짝이는 소리, 크래커가 부서지는 소리, 책장의 바스락거림, 연필이 편지지를 사각사각 밟는 소리면 충분했다. 반도 채우지 못한 편지지는 할 말이 없어서가 아니라 손이 아파서였다. 나는 손아귀의 힘을 빼고 부드럽게 연필을 쥐는 법을 몰랐다. 온 힘을 다해 검지와 중지 사이를 조여 연필을 잡았고, 그래서 나의 검지와 중지는 지금도 모양이 뒤틀렸다. 검지는 바깥쪽으로 휘어지고, 중지에는 볼록한 혹 같은 게 생겼다. 너의 앞에서 검지와 중지를 숨겼던 것을 모르고, 편지를 내미는 내 손이 너는 예쁘다고 말했다. 이제는 부러진 손톱과 피부에 생긴 얼룩, 두꺼워진 마디 탓에 숨길 수 없는 미운 손이 되었다. 네가 봤다면 나를 안타까워할지 세월을 안타까워할지 모르겠다.

　엄마는 박경리의 소설을 좋아했지만 나는 박완서의 소설이 좋았다. 박완서의 문장에는 영원히 늙지 않는 소녀가 살았다. 한밤중 커피포트 물 끓는 소리와 에이스 크래커만으로도 하나의 견고한 세계를 만들 수 있는 사춘기 소녀, 사라진 싱아를 찾아 들판을 헤매는 유년기의 소녀, 노란 집에 텃밭을 짓고 사는 웃음이 수줍은 노년의 소녀가 있었다. 박완서의 책을 읽으면 나는 박완서가 되어 노란 집에 살았다. 밤에는 커피를 끓이고 에이스 크래커를 먹었고, 싱아를 찾아 들판을 쏘다녔다. 그런 나를 너는 감상적이라고 놀렸지만, 너 역시 〈춘천 가는 기차〉를 들으며 4호선을 탈출하길 꿈꿨고 마왕을 신봉했으며, 제대로 사랑 한번 해 본 적 없으면서 김광석의 〈사랑했지만〉을 들으며 울었다는 것을 알고 있다.

　그러니 너도 나처럼 그런 날이 있지 않을까. 설거지를 하다가, 양치질을 하다가, 오후 다섯 시 일찍 저무는 해를 보다가, 맥락 없이 찾아오는 그 밤들의 노크에 울컥하지 않을까. 빼앗긴 것도 아닌데 나는 그 기억들을 손에 쥘 수 없는 것이 어쩐지 억울하다.

　그러나 나는 너를 안다. 네가 지독한 삶의 풍파를 맞아서 완전히 다른 사람으로 변하지 않았다면, 내가 아는 너는 적당히 현실에 만족하며 틈틈이 옛날을 그리워하다가도 다시 돌아가고 싶지는 않다고 냉정하게 말할 것이다. 다만 그리운 것은 이제는 없는 마왕이며, 닭갈빗집 주인과 다툰 이후로 두 번 다시 발을 내딛지 않는 춘천, 사랑을 몰랐기에 좋았던 김광석의 노래라는 것을 알고 있다.

나는 여전히 너를 잘 안다고 믿고 싶다.

나는 때때로 늦은 밤에 물을 끓인다. 커피를 마실 것도 아니면서 그냥 할 일 없이 끓이는 물이다. 주전자가 있으면 좋으련만 내 집에는 주전자는 없고 전기포트만 있다. 물이 끓을 때는 푸른빛이 번쩍이는데 나는 그것이 그렇게 보기 싫을 수 없다. 야광 불빛이 나오는 7살 남자아이 신발도 아니고 주전자에서 푸른빛이라니. 기계를 디자인하는 사람들은 삶의 온도를 이해 못 하는 것 같다. 빨간 불빛이 나오는 밥통이나 시커먼 에스프레소 기계도 그렇다. 멋은 있지만 온도가 없다.

나는 노란 주전자가 좋다. 물이 끓을 때 용광로 끓는 소리가 아니라, '삐이익'하고 귀여운 증기 소리를 내는 것이 있으면 손끝이 차가운 밤에 그것 하나로도 따뜻해질 수 있을 것만 같은데, 내게는 노란 주전자가 없다. 아무리 찾아도 그런 것을 보지 못했다.

그러고 보니 요즘 부쩍 노란색이 좋아졌다. 밥통도 노란색이었으면 좋겠고, 에스프레소 기계도 노란색이었으면 한다. 세련된 것이 결국 나답지 않다는 것을 깨달았다. 세련된 게 멋있는 줄 알고 괜히 어울리지 않는 것을 품은 채 불편한 얼굴을 하고 있는 나를 보며 알아차렸다.

나라는 사람을, 나라는 이의 속 얼굴을 제대로 보는 데 35년이 걸렸다. 너도 혹시 그럴지 모르겠다. 세상에서 제일 나를 학대하는 사람은, 제일 나를 몰라주는 사람은 나일지도 모른다는 생각을 한다. 견딜 수 없이 내가 싫은 날이 있다. 뭔가를 해 왔다고 생각했는데 아무것도 남지 않았을 때, 돌아보니 모두 내 아집이었던 것만 같아서, 내게 남은 진짜가 뭔지 모르는 지금의 내가 싫다.

나는 너에게 진심을 쓰고 있는 것이 맞는가? 지금 이 순간에도 그것을 의심한다. 나는 내가 적당히 잘 꾸며낸 거짓의 문장 같다.

너는 어떤가?

너는 얼마만큼 진솔하게 살아가고 있는가?

너라면 그럴지도 모르겠다. 너는 아집이 없어서, 담백한 사람이어서 수식어를 덧붙이지 않고 살아갈 것이다. 너는 그럴 수 있을 거라 생각하지만, 또 잘 모르겠다. 너를 보지 않은 지도 십 년이 지났으니까. 나는 너를 잘 안다고 생각했지만, 그것은 모두 과거의 일이 되었다. 나 역시 많은 것이 달라졌다. 내가 가진 10중에 7이 변했고, 그것은 나의 인생을 통째로 뒤바꾸어 놓았다. 그러나 나의 3은 그대로

다. 그래서 어쩔 수 없이 나다.

　너도 그렇지 않을까?

　아닌가?

　너에게만 하는 말이지만 나는 밤의 이야기를 쓰는 것이
영 버겁다. 너를 만나지 않은 10년 동안 나는 많은 밤을 잃
었고, 나의 밤은 가난하여 쓸 만한 이야기가 없다. 새벽 아
르바이트를 하면서 밤의 습관을 잃었고, 일을 시작하면서
밤이 두려웠다. 밤새 끝나지 않는 일을 붙잡고 울었던 날이
많았다. 창피한 말이지만 능력 밖이었던 것들을 오래 붙잡
고 있었던 것 같다. 할 수 없는 일이라고 너처럼 덤덤하게
말할 수 있는 용기가 있었다면 좋았을 텐데, 나는 그것을
인정하는 게 두려워서 밤새 울며 무능한 나를 괴롭혔다. 내
가 말했듯이 나는 내게 너무 많은 상처를 줬다. 이해할 수
없겠지만 완전히 발가벗겨진 나를 너무 늦게 보았던 것이
아닐까 싶다. 나는 나의 알몸이 수치스러워서 매번 눈을 감
았다. 그저 눈을 감으면 괜찮을 줄 알았다. 너라면 어땠을
까. 가끔 그런 생각을 한다, 내가 아닌 다른 사람이었다면
어땠을까.

　솔직히 말하자면 나는 네가 되고 싶었던 날이 많았다.
네가 가진 모든 것들은 뿌리가 있는 진짜 같았다. 갱년기를
보내고 계셨던 너의 어머니, 성실하신 아버지, 적당히 얄밉

지만 정 많은 언니, 그리고 든든한 친구들, 너의 사람들. 작
지만 탄탄한 뿌리를 내린 나무 같은 너의 환경에 비해 내
것은 뿌리 없이 줄기만 그럴듯하게 꽂아 놓은 가짜 같았다.
못된 사람으로 보이는 것은 괜찮지만 없는 사람으로 보이
는 것은 싫었던 어른들과, 기름값이 비싸서 여행 한 번 가
지 못하고 주차장에 세워 놓은 고급 승용차, 밖에서는 웃
고 안에서는 굳은 얼굴을 하고 있던 나를 둘러싼 모든 모순
들. 그것들이 스무 살의 나를 얼마나 황폐하게 만들었는지,
너에게 다 말하지 못했던 것은 창피해서가 아니라 너무 늦
게 깨달았기 때문이었다. 나는 내가 말라 버렸는지 몰랐다.
누군가 인생은 다 그런 것이라고 말하기에, 그저 그런 것인
줄 알았다. 그래서 '인생은 다 그런 것'이란 말이 세상에서
제일 싫다. 아무도 인생을 그런 것이라고 단정 지을 수 없
는 것 아닌가. 인생이 어떤 것인지는 죽은 후에나 알 수 있
지 않을까. 그러니 너의 사랑스러운 아들에게 그런 말을 하
지 않았으면 한다. 인생은 다 그런 것이라니.

　　우리는 너무 이른 절망을 안겨 주지 말자. 혹시 모르는
것 아닌가. 너의 아들, 그가 살아갈 세상은 다를 것이라고
믿어 보자. 그래서 우리의 다음은, 인생이 다 그런 것이라
고 함부로 치부할 수 없는, 견고하고 단단하고 빛나는 삶을
살기를 진심으로 바란다.

　　그런데 너의 아들이 이제 몇 살이 되었는지 가늠이 되

지 않는다. 아기를 안고 있는 사진을 본 것이 마지막이었는데, 이제는 무거워서 네가 안을 수도 없는 나이가 되지 않았을까.

나는 여전히 아이가 없다. 선택이기도 하고 운명이기도 하다. 엄마가 되는 것이 무섭다. 내가 늘 결정적인 순간에 생각이 많고 겁이 많은 걸 너도 잘 알고 있겠지. 일을 못 하게 될까 봐, 돈을 충분히 벌지 못할까 봐, 여자로서의 삶이 끝날까 봐, 자유가 없어질까 봐, 결론은 희생하기 싫어서. 나는 아마도 사람들이 말하는 여자로서의 가장 큰 축복을 놓치고 독불장군처럼 살아가고 있는 것인지도 모르겠다. 그러나 그 부분에 있어서만큼은 확신이 없다. 무엇이 좋은 것인지, 아이를 가진 모든 이들이 말하는 행복이 정말 내게도 행복이 될 수 있을지. 나는 여전히 의심이 많다.

너는 어떤가? 아이가 있어서 행복한가?

나는 그럭저럭 괜찮은 것 같다. 적어도 스물다섯의 나보다는 지금의 내가 좋으니, 조금 더 나은 삶을 살아가고 있는 것은 분명하다.

그러나 말했듯이 여전히 3이 남았다. 내가 나일 수밖에 없는 그 3은 이 세계와 나 사이에 깊숙하게 뿌리를 내려 흔들릴지언정 절대 뽑히지는 않는다. 나는 여전히 3을 가진 내가 싫다. 다만 싫은 것을 데리고 사는 법을 배워 간다. 그러나 인생이란 다 그런 것이라는 말은 절대 하지 않겠다. 그렇지 않을 수도 있을 것이다.

언젠가는 3을 버리는 나를 꿈꾼다. 너는 나의 3을 미워하지 않고, 3을 버리고 싶어 하는 나를 응원하리라는 것을 잘 알고 있다. 그러나 너에게 함부로 손을 뻗지 않겠다. 우리가 아낌없이 우리의 시간을 이미 써 버렸다는 사실을 나만큼 너도 잘 알고 있을 테니까.

다행히 내게 친구들이 몇 명 남아 있다. 너도 잘 아는 H와 A와 J가 있다. 임신 중인 애도 있고, 너처럼 아들을 낳은 애도 있고, 아직 혼자인 애도 있다. 서로 연락도 뜸하고 사이도 예전 같지는 않다. 짐작하겠지만, 그때 '우리'라고 불렀던 우리는 이제 없다. 각자의 '우리'가 생기면서 우리의 '우리'는 잠시 접어 두었다. 아마도 10년, 20년 후에는 다시 '우리'라고 말하며 재회할 수 있지 않을까. 중학교 2학년 시절에 징그럽게 미워했던 선생님과 서러웠던 체벌을 이야기하며 또 울 것이다. 그 애들 모두 나이가 들어도 여전히 주책이라 눈물이 많다. 나는 예전의 '우리'가 아닌 것이 서운하지만 받아들이기로 했다. 그 애들과 같이 늙어가기로 결심했으니, 지금 사라진 '우리'를 기다리는 것도 '우리'를 지키는 방법이라고 생각한다.

너와 같이 늙어가지 못한 것이 아쉽다. 우리의 '우리'는 아마 그것으로 끝이었던 것 같다. 긴 인생을 보지 못하고, 청춘이 다인 줄 알고, 짧은 시간에 '우리'를 다 써 버린 것이 서글프다. 그러니 너를 만나면 내가 무슨 말을 할 수 있겠는가. '잘 지내냐, 아이는 잘 크고 있느냐. 너도 늙었다, 나도 늙었는데'가 전부이겠지. 혹시 내가 너를 우연히 마주치게 되어 그런 상투적인 말을 쏟아 놓고 어색하게 손을 흔들며 가더라도 섭섭해하지 말았으면 한다. 어떻게 해야 할지 잘 몰라서 그런 것이니까. 우연히 너를 만나면 무슨 말을 해야 하는지, 그런 것을 알려 주는 사람이 내겐 없다.

어느 날 돌아보니 혼자 서 있었다. 답을 알려 주던 사람들이 하나씩 사라졌다. 이제 내가 가야 하는 길을 아는 사람은 나밖에 없는 것 같다. 나 역시 남의 일에 말을 아낀다. 괜히 엮이는 것이 싫은, 게으르고 방어적인 사람이 됐다. 너의 일에 그렇게 적극적으로 껴들던 내가 그렇게 변하다니, 웃기지 않은가.

너는 지금의 내가 무척 낯설지도 모르겠다.

말을 아끼니 실수가 적어졌다. 피로한 일이 줄었고, 대신 사람도 줄었다. 그러나 나쁘지 않다. 나는 이것이 편한 것 같다. 다만 가끔 너를 생각한다. 열정적으로 너의 삶에 끼어들고자 했던 나를 생각한다. 그럴 때면 삶에 커다란 무언가가 이미 끝나 버린 느낌이다. 내가 잃었던 밤처럼 혹시 나는 너를 그렇게 잃었던 게 아닌가 하는 마음이 드는 날, 내게 찾아오는 감정은 후회가 아니라 절망이다.

나는 내가 잃은 것들에 절망한다.

어쩌면 지금 너는 밤을 기록하고자 하는 나를 안쓰럽

게 생각할지도 모르겠다. 혹시 내가 우리의 밤을 모조리 잊은 것은 아닐까 염려하고 있다면 그렇지 않다. 여전히 생생히 기억하고 있다. 갑자기 뛰쳐나간 사당역 밤거리, 슬리퍼와 반바지 차림으로 부슬부슬 비가 오던 길을 뛰어다니던 밤, 우리에게 주어진 애틋했던 시간과 소주 한 잔. 혹시 그 밤을 말하고 싶은 것이라면 나는 하나도 잊지 않았다. 이제 막 조금 길어진 머리를 대충 쓸어 넘겨 묶었던 화장기 없던 너의 얼굴도, 통통했던 우리의 두 볼도, 밑으로 축 처진 너의 눈꼬리도. 그러나 정작 내가 말하고 싶었던 것은 눈이 많이 오던 장수 수목원에서의 밤이다. 눈이 많이 왔고, 유학 생활이 힘들었고, 취업 때문에 불안했던 우리의 마지막 여행 말이다. 그날이 잘 기억나지 않는다. 눈이 많이 왔고, 눈이 많이 쌓였고, 자꾸 눈만 떠오른다. 아마 그즈음 우리는 멀어지고 있었던 듯하다.

네가 눈 속을 걸었다. 그것 하나는 남아 있다.

내가 말했던가? 나는 유학을 떠난 것이 부끄러웠다. 뭣도 없는 내가, 꿈도 목표도 딱히 없던 내가 프랑스 유학이라니. '헛짓거리다, 돈 낭비다'라고 비판하는 이들에게 딱히 대구할 말도 없었다. 꽤 오래 후회하고 살았다. 유학을 온 것도, 귀중한 기회를 낭비한 것도, 조금 더 현실적이지 못했던 것도. 서른이 다가오고 쥐고 있는 것은 없었던 그때, 그 모든 후회들이 절실히 다가왔다. 그즈음에 너와 연락이 끊겼다. 나는 내가 '나'인 것이 견딜 수가 없어서 타인을 감당할 수 없었다. 지금도 때때로 후회하지만, 이제는 그것이 나였음을 받아들인다. 나는 매번 비슷한 결정을 할 것이고 비슷한 삶을 살 것이다. 여전히 현실적이지 못하지만, 그래도 그럭저럭 삶을 헤쳐 나가고 있다. 네가 비웃을지도 모를 일이지만 나는 여전히 꿈을 꾼다. 글도 쓴다. 이 글을 네가 읽을지는 모르겠다. 너무 아픈 비평은 말았으면 한다. 지금의 나는 이런 글밖에 쓸 수 없지만 또 조금 나아지지 않을까. 그러니까 그것이 나의 꿈이다. 조금씩 더 나아지는 것.

이제 밤에는 커피를 마시지 않는다. 잠을 잘 자고 싶다. 하루가 피로하다. 그래서 맹물을 끓인다. 그리고 박완서의 책을 펼친다. 그분은 그리운 게 많아 글을 쓰셨던 것 같다. 모든 문장이 그리움에 맞닿아 있다. 나 역시 그리운 게 많다. 내 모든 밤의 이야기들 속에서 그렇게 끔찍해 하던 나를 그리워하는 모순된 자신을 발견한다.

글을 계속 쓰려고 한다. 그렇게 마음을 먹었지만, 사실은 무섭다. 먹고 사는 일이, 사람들이 읽어 주지 않을까 봐, 창고에 재고로 가득 쌓여 있는 책더미를 마주하게 될까 봐 나는 많이 두렵다. 너도 많은 것을 두려워하고 있겠지. 또 많은 것을 삼켰을 것이다. 그 모든 것을 함께 나누지 못하고 이제 와서 이런 글을 쓰는 것을 미안하게 생각한다.

기회가 된다면 비 오는 밤거리, 사당역을 다시 한번 뛰자. 반바지를 입고 슬리퍼를 신고, 꼭 소주를 마시자. 눈 오는 겨울에는 장수 수목원도 한번 갔으면 한다. 그때처럼 여전히 눈 오는 수목원에는 사람이 없다더라. 네가 삼켜야 했던 것, 두려워하는 것들을 내게 이야기하지 않아도 좋다. 나 역시 너에게 하지 못하는 이야기가 많을 것이다. 우리는 점점 많은 이야기들을 숨기고 삼키며 살게 되겠지만 부질없는 약속을 해 보고 싶었다.

　사당역에서, 장수 수목원에서 보자.
　너에게 하고 싶은 말이 많다.
　너에게 하지 못하는 말들이 많다.
　글로 쓸 수 없는 말들이 너무 많다.
　너는 어떤가? 내게 할 말이 남았는가?
　네 이야기를 듣고 싶다.
　너는 어떤가?

　너는,

La langue que nous parlions la nuit

엄마가 울음을 삼키는 법을 배웠던 날,
나는 외로움의 언어를 배웠다.
외로움은 말이 아니라 가늘고 긴 숨으로,
꽉 막힌 목으로,
안착할 곳 없는 눈빛으로 전달되었다.
외로움에는 소리가 없고,
소리가 없어 외롭다.

그 밤, 우리가 말했던 언어

엄마는 여름을 집안 곳곳에 걸쳐 놓고 갔다. 하루 종일 손에서 놓지 않았던 뜨개질 덕분에 매트, 쿠션 커버를 얻었고, 한 땀씩 손바느질을 한 긴 커튼은 알맞은 길이를 되찾았다. 쓰지 않은 반찬통을 찾아 알뜰하게 담아 둔 일회용 샴푸와 샘플 로션 그리고 몇 번 바르지 않고 놓고 간 자외선 차단제, 내 손으로는 절대 사지 않았을 인테리어 소품까지, 새로 이사 온 집에는 엄마가 다녀간 지난여름의 흔적이 고스란히 남아 있다.

"엄마가 이렇게 해 놓고 가야 네가 쓸쓸하지 않지."
엄마는 나의 외로움을 자신이 풀어야 할 궁극의 과제처럼 팔을 걷어붙였다. 마음만 먹으면 뭐든지 할 수 있다고 여기는 우리 엄마는, 사람이 가진 외로움은 어쩌지 못하더라도, 딸이 가진 외로움만큼은 무슨 일을 써서라도 해결하리라는 각오로 덤벼들었다.

나의 외로움이 오랫동안 엄마를 괴롭혔다. 그것을 잘 알고 있으면서도 숨기지 않았던 것은, 그 안에는 엄마를 향한 원망이 섞여 있었기 때문이었다.

유학을 오고 1년도 채 되지 않아서 한국으로 돌아가고 싶었다. 단순히 외로움의 문제가 아닌, 이곳에서 무언가를 해낼 자신이 없어서였다. 그러니 외로움이 아닌 두려움이라고 해 두자. 내가 두려웠던 것은 아무것도 아닌 초라한 나를 매일 마주하는 일과 그것을 어디서부터 어떻게 극복해야 할지 모르는 막막함이었다. 너무 많은 조언을 들었지만 모두 내 것이 아니었고, 다들 하나쯤 분명한 것을 손에 쥐고 오는데 내게는 그런 것이 없는 것 같아서 무엇을 해도 자신이 없었다. 여름 방학이 시작됐고 이참에 한국에 들어가서 다시 오지 않겠다고 결심했지만, 결국 엄마의 손에 붙들려서 파리로 돌아오게 되었다.

태어나서 외국 땅을 한 번도 밟아 본 적이 없는 엄마가 나를 돕겠다고 나섰다. 엄마가 가면 다 해결될 것처럼 이민 가방 두 개에 고추장, 된장, 반찬, 천과 실까지 가득 눌러 담아 파리에 왔다. 늦은 저녁, 15구에 도착해서 엘리베이터가 없는 7층 다락방까지, 엄마와 나는 총 60kg의 가방을 날랐다. 복도에 있는 화장실에 가려면 열쇠꾸러미를 챙겨 가야 했던 것도, 세면대가 너무 작아 세수를 할 수 없었던 것도, 옷장이 없어 이민 가방 안에 옷을 쌓아 두었던 것도, 나는 다 잊었던 그곳의 일상들을 엄마는 오래 기억했다.

폭염으로 유럽에 사망자가 발생했던 그해 여름, 엄마와 나는 태양열을 그대로 흡수하는 양철지붕 밑 다락방에 앉아 밤을 설쳤다. 찬물로 번갈아 샤워를 하며 등이 뜨거워서 잠 못 이루는 밤에 엄마는 뜨개질을, 나는 이불을 차며 괴로워했다. 낮 동안 달궈진 방은 밤이 되어도 한증막처럼 뜨거웠고, 개미같이 작은 벌레가 되어 그 좁고 더운 방안을 끝없이 기어 다니는 벌을 받는 것만 같았다. 엄마는 땀을 뚝뚝 흘리며 화분 받침, 덮개, 매트, 모자 같은 것들을 만들었다. 하얀 여름 실로 짠 그것들은 가을, 겨우내 다락방에 머물렀다. 잠자는 것 외에 아무것도 하지 않았던 그 방에는 엄마가 놓고 간 계절만이 남아 있었다.

어제는 엄마가 만들어 주고 간 매트와 덮개를 빨았다. 예전에는 누렇게 될 때까지 쓰다 버렸다면, 엄마처럼 솜씨 좋게 그런 것들을 만들지는 못하지만 깨끗하게 빨아 쓸 줄은 알게 되었다. 여름에 놓곤 간 것을 가을, 겨우내 잘 썼다. 계절에 상관없는 실이기는 했으나, 여름에 만들어진 그것에서는 어쩐지 엄마가 있던 여름의 냄새가 났다.

여름에 태어난 나의 첫 기억은 여름이 아닌 겨울 언저

리다. 갈색 무늬가 그려진 벽지와 온돌에 탄 장판, 두꺼운 이불이 차곡차곡 쌓여 있던 밤색 벽장, 손잡이 부분에 덮개를 씌운 누런 전화기, 아랫목에는 아빠를 기다리는 교자상이 있는 작은 방에서 엄마는 무릎까지 담요를 덮고 뜨개질을 하고 있었다. 깊고 검은 밤, 엄마는 환한 백열등을 켜고 털실을 엮어 내 옷을 만들었다. 코발트블루 원피스, 분홍색 조끼, 빨간 모자, 모두 하룻밤이면 충분했다. 가만히 아래로 뜬 눈과 단발머리, 조금 통통했던 볼, 하얀 피부, 말없이 꾹 다문 입술, 휘어진 손톱과 바늘을 쥔 바쁜 손놀림, 그런 장면들이 개연성 없이 단편적으로 떠오를 때면 머릿속이 혼란스럽다. 세 살 이전의 기억을 온전한 자신의 것이라고 할 수 있을까.

그것이 내 것이라는 확신 없이, 나는 오랫동안 그 장면들을 생애 첫 기억으로 안고 살았다. 어쩌면 엄마의 것인지도 모르겠다.

무릎 위에 나를 눕혀 두고 한 뼘, 두 뼘, 어림잡아 치수를 재며 엄마는 내게 자신의 기억을 심어 주었다. 옛날에 즐겨 듣던 팝송과 아빠와 처음이자 마지막으로 함께 봤던 영화 〈닥터 지바고〉의 내용, 고향에 두고 온 제일 친한 친구와 형제자매들과의 일화, 나는 아주 오랫동안 엄마의 기억을 내 것처럼 안고 살았다.

하루 종일 말할 상대라고는 아무도 없었던 낯선 시집에서, 나는 엄마의 대화 상대이자 청중 그리고 거울이었다.

어른들은 어릴 때부터 자주 아팠던 나를 약골이라 놀렸지만, 엄마와 나는 알고 있다. 수많은 밤, 내가 앓았던 것은 고열이 아니라 엄마의 삶이었다는 것을. 끙끙대는 엄마의 진땀이 내게로 와 붉은 열꽃이 되었다. 밤새 울었던 것은 나만이 아니다. 엄마는 의외로 눈물이 많은 사람이었다. 지금도 그렇다. 엄마는 엄마도 모르게 자주 운다. 엄마가 많이 울었다. 내가 다 알아서는 안 되는 많은 이유들 때문에, 그러나 내가 다 알아 버린 많은 이유들로 인해. 엄마는 엄마 때문에 울고, 나를 위해 울었다.

엄마가 울음을 삼키는 법을 배웠던 날, 나는 외로움의 언어를 배웠다. 외로움은 말이 아니라 가늘고 긴 숨으로, 꽉 막힌 목으로, 안착할 곳 없는 눈빛으로 전달되었다. 외로움에는 소리가 없고, 소리가 없어 외롭다.

엄마는 나와 함께 말을 배웠다. 옹알이부터 더듬더듬 책을 읽고 말대꾸를 따박따박 하게 될 때까지, 옹알이처럼 감정을 표현했던 엄마가 더듬더듬 그리고 따박따박 자신의 이야기를 하기 시작했다. 물론 언제나 청중은 나였다. 어쩌면 꽤 일찍 동화책 대신 어른들의 책을 읽기 시작한 것은 아마도 엄마의 말을 알아듣고자 했던 나의 노력이 아니었을까 생각한다. 있는 힘껏 견디며 살아가는 엄마에게 누구라도 그녀의 말을 알아듣는 사람이 한 명쯤은 필요하다는 것을 본능적으로 알고 있었다. 그리고 그것이 내가 일찍 어른의 말을 배운 이유였다.

아이의 말을 지배하는 것이 감각이라면, 어른의 말을 지배하는 것은 감정이다. 말로 표현하는 데 있어서 감각이 즉각적이고 즉흥적이라면, 감정은 나중의 것이 될 확률이 높다. 반사적으로 감정을 표현하는 사람은 드물다. 그것은 일단 내 안에 들어와 수만 가지의 감정의 돌기를 거쳐 비로소 언어가 된다. 감각은 다르다. 그럴 여유가 없다. 그래서 분명하고 또 솔직하다. 모든 거짓은 감정이 섞이면서 시작된다. 감정은 소설가의 기질이 있어서 문장을 더해 진심을 전하려 하고, 그것이 진심이라는 이유로 진실이라 믿기까지 한다. 그러니 내가 솔직하지 못했던 이유에 핑계를 대자면, 그것은 감각의 언어가 아닌 감정의 언어를 구사했기 때문이다. 감정적인 판단을 내린 나는 솔직하지 못함을 택했다. 어른스럽게 살아야 엄마의 짐을 덜어 주는 것이라고 생각했다. 엄마를 이해하려면 감정의 언어를 이해해야 했고, 그것이 나의 언어 습관으로 남아 버렸다.

나의 외로움이 엄마를 괴롭혔다면, 그것은 외로움의 언어를 가르쳐 준 사람이 엄마 자신이라는 것을 알고 있었기 때문일 테다.

엄마는 내게 외로움을 가르쳤다. 엄마는 훌륭한 스승이었다.

초등학교 2학년 때 글을 쓰기 시작했다. 그 무렵 엄마는 두꺼운 노트에 일기를 썼는데 엄마의 일기장은 거실, 안방, 어느 곳에나 너무 쉽게 펼쳐져 있었다. 마치 누군가 읽어 주기를 간절히 바라는 것처럼, 아니, 그것을 읽는 사람이 나라는 것을 아는 것처럼. 또박또박 반듯한 글씨로 적은 엄마의 일기가 내게 말을 걸었다.

다섯 줄, 열 줄로 적혀 있던 엄마의 절망을 읽은 날에는 긴 밤이 무서웠다. 그 밤 동안, 코를 골며 잠든 시부모님과 술에 취한 아빠 사이에서 혼자인 엄마의 외로움이 두려웠다. 침묵하는 밤의 길이를 아는가. 팔이 길고 다리가 길어서 어디서부터 어떻게 치수를 재야 할지 몰라 옷을 만들어 주는 이가 없는 밤은 벌거숭이로 산다. 나는 말이 없고 옷을 벗은 이가 어디까지 다녀간 줄을 몰라 눈을 함부로 감을 수가 없었다. 벌거숭이 밤은 다섯 줄, 열 줄의 문장이 되어 밤새 머리맡에서 춤을 췄다.

그때 즈음이었다. 나는 엄마의 일기에 답신을 쓰기 시작했다. 얌전하고 정제된 어른의 언어로, 다 알지만 모르는 듯 시치미 뗀 얄미운 문장으로, 나는 엄마의 외로움을 이해한다는 말 대신 내면의 혼란을 숨긴 엄마의 정적을 닮고 싶다고 말했다. 거짓말이었다. 엄마를 닮고 싶었던 적은 없었다. 나는 정적이 싫다. 꾹 다문 입술이 싫고, 외로움이 춤추는 밤은 더더욱 싫었다. 그러나 나는 엄마의 외로움을 흉내 내다가 진짜 외로움을 적어 버리고 말았다. 그것은 아침을 가장한 밤이었다. 감정이 덕지덕지 묻은 언어는 오래전에 진실을 삼켰다. 다만 한 가지 분명한 것은 나의 글이 오로지 엄마를 향해 있었다는 것이다.

　나는 꽤 오랫동안 엄마의 언어로 글을 썼다. 어쩌면 지금까지도 오래전에 엄마가 덮은 엄마의 일기장을 향해 계속해서 답신을 보내고 있는지도 모르겠다. 엄마는 이미 마지막 문장에 마침표를 찍었는데, 그때의 엄마 나이가 된 나는 이제 와 할 말이 많아졌다. 감각의 언어를 배웠기 때문이다. 외국어를 배우기 시작하면서 감정이 아닌 감각의 언어, 아이의 언어를 비로소 알게 되었다. 시간이 흘러 지금은 의사소통이 자유로워졌다고 하더라도 언어라는 것은 습관으로 남게 되고, 그래서 여전히 나의 불어는 감각이 감정을 지배한다. 나는 M에게 즉흥적으로, 즉각적으로 말하는 사람이 됐다. 그가 나의 감각을 왜곡하지 않고, 있는 그대로 받아들일 줄 알기에 가능한 일이었다. 감각을 표현하는 법을 배우면서 조금은 솔직해졌다. 그래서 엄마의 지난 일기장에 정제되지 않은 감각의 언어로 답하려 한다.
　나는 벌거숭이 밤이 아팠다. 맨살이 찔리는 줄도 모르고 바닥을 구르는 그것이 아파서 앓아누웠다.

　엄마는 여름 동안 뜨개질을 하며 옛날 일이 하나도 생각이 나지 않는다고 했다. 기억을 먹인 것이 미안하여 이제는 기억을 거둬 갈 생각이었을까. 하얀 덮개를 짜서 모조리 덮어 주고 싶었던 것은 아닐까. 엄마가 까맣게 잊은 그날들이 내게는 아직 너무 생생하다.

얼마 전에는 한동안 잊고 있었던 기억 하나가 떠올랐다. 퇴근이 늦는 M을 기다리며, 늦은 저녁 호두를 까다가 찾아온 날벼락 같은 일이었다. 껍질이 하나씩 으깨질 때마다 무너진 조각들이 튀어나왔다. 엄마의 손에 끌려, 집을 나간 아빠를 데리러 갔던 날이었다. 엄마를 대신해서 주인 모르는 집의 벨을 눌렀다. 그곳에 아빠가 있었다. 돌아가라는 아빠의 말에 싸움이 다시 시작되었고, 나는 낯선 집 안방에 숨어 귀를 막았다. 폭력적인 말 한마디 한마디가 내 안의 무언가를 무너뜨리고 파괴했다.

그날의 일을 두고 나는 오랫동안 엄마를 원망했다. 그날의 살점 하나가 아물지도 떨어지지도 않고 너덜너덜 덜렁일 때마다, 나는 아빠가 아닌 엄마를 원망했다.

집을 나간 것도 욕설을 내뱉던 것도 아빠였는데, 나는 이상하게 엄마가 원망스러웠다. 하필이면 왜 나를 그곳에 데려갔는지, 엄마는 왜 매번 나에게 그렇게 솔직한지, 왜 항상 나에게만 들키는지, 왜 나는 늘 알아차리는지, 몰라도 되는 많은 것들을 그렇게도 쉽게 알게 되는지.

"그때는 엄마가 어려서 뭘 몰랐어. 많이 미안해."

나를 무릎 앞에 앉히고 손으로 한 뼘씩 치수를 재던 엄마가 말했다. 가을에 입을 카디건을 만들어 놓고 가겠다던 엄마는 프랑스에서 지내는 마지막 며칠 동안 뜨개질에만 열중했다.

  엄마는 뭐가 미안한 것일까. 엄마가 어렸다는 게, 몰랐다는 게 엄마의 잘못은 아니었을 텐데. 나의 외로움이 엄마의 잘못이 아니라는 것을 잘 알고 있다. 다만 엄마는 내게 세상에서 유일하게 원망할 수 있는 대상이었다. 나는 아빠를 원망할 수 없다. 그는 나의 원망을 안고 살아갈 수 있을 만큼 강인한 사람이 아니다. 그 무서운 것을 내가 그에게 던지는 순간, 그는 무너져 내릴 것이다. M 역시 불가능하다. 남녀의 사랑이 그렇지 않은가. 원망이 엮이는 순간 서로가 서로를 견디지 못하고 지옥이 될 것이다. 그러니 나의 원망을 끌어안고, 핥고, 물 수 있는 사람은 오로지 엄마뿐이다. 그렇게 해서라도 그것을 모조리 녹일 수 있다면, 엄마는 혀가 마비될 때까지 그것을 핥을 것이다. 이가 닳을 때까지 그것을 놓지 않고 물어뜯을 것이다. 그래서 나는 마음 놓고 엄마를 원망했다. 내가 견딜 수 없이 싫은 날엔 엄마를 원망하며 마음을 덜어 냈다. 엄마는 그것을 알고 있었다. 그래서 자꾸만 내게 미안하다고 말했을 것이다. 미안한 것이 하나도 없는데, 엄마는 기꺼이 나의 원망을 받고 이유 없이 죄인이 됐다. 그렇게 해서라도, 엄마에게 뒤집어씌우고라도, 스스로 감당하기 벅찬 감정들로부터, 보잘것없는 자신으로부터 달아나고 싶었던 나를 눈치챘던 것이다. 그러니 엄마는 잘못이 없다. 그것은 그저 내가 나인 이유로 가져야 했던 상처들이었을 뿐이다.

　낮의 이야기가 책으로 나오고 엄마에게 장문의 메시지가 왔다. 그 시절의 기억이 떠올랐다고 했다. 엄마는 내 시점에서 쓰인 일방적인 기억에 자신의 기억을 끼워 맞췄을 것이다. 엄마의 기억이 내 기억이 되었던 시절은 지나갔고, 이제 내 기억이 엄마의 기억이 되고 있다.

　머리가 굳어 책이 잘 읽히지 않는다는 엄마는 돋보기를 쓰고 몇 번씩 더듬더듬 나의 글을 읽으며, 그 옛날 우리가 주고받았던 외로움의 언어를 읽었다고 했다. 다섯 번, 여섯 번씩 반복해서 읽으며 엄마는 엄마를 향해 쓴 문장을 기어이 찾아내고 말았다.

　밤이 저물고 새벽이 오는 시간, 엄마가 만들어 준 철 지난 카디건을 입고 이 글을 적는다. 나의 지난밤은 몇 겹의 옷을 껴입고 단정하게 앉아서 빈 종이를 훑다가 사라졌다. 밤이 떠나자 그제서야 다시 감정의 언어가 돌아온다. 어쩔 수 없다. 오랜 언어 습관은 쉽게 버려지지 않는다. 어쩌면 이런 글을 적는 것이 나와 엄마의 오랜 상처를 들춰내는 일인지도 모르겠으나 그럼에도 불구하고 이곳에 엄마에게 배운 언어를 기록하는 것은, 결국 나의 삶이 엄마를 사랑하고 부정하고 인정하고 이해하는 과정이었음을, 밤과 낮을 기록하는 동안 깨달았기 때문이다. 나는 더는 엄마를 원망하지 않는다. 그 말은 곧 나를 원망하지 않는다는 뜻과 같다. 세월이 지났다고 해서 그때의 모든 것을 이해할 수는 없지만, 내가 아닌 타인을 이해하려는 시도 속에서 결국 나는 나 자신을 용서하게 됐다.

외로움, 그것은 어쩔 수 없다.

길고 긴 실을 단단하게 엮어서 덮어 주려 했던 엄마의 마음을 모르는 것은 아니나, 그것은 이제 내가 감당해야 할 나의 몫이다.

나는 외로움을 그냥 제자리에 두려 한다. 그리고 그것이 나의 언어가 되어 버렸음을 받아들인다. 다만 거기에 감각을 더하고 싶다. 엄마가 곳곳에 걸어 두고 간 뽀송뽀송한 여름과 한 뼘씩 치수를 재던 엄마의 거친 손, 태어나서 처음 맡았던 엄마의 냄새, 내가 울면 엄마가 울었던 그 밤에 뜨거웠던 엄마의 볼과 이마, 그리고 '엄마는'으로 시작하는 마음을 녹이는 목소리, 그런 것들을 더하여 쓰고 싶다.

엄마를, 외로움을, 그 밤들을,

우리의 여름을,

이렇게 나다운 언어로 적어 본다.

Tout ce que j'ai appris sur Kurt Cobain

반복되는 노래만큼 길고 지루한 여름 한 철을 그와 보내며

나는 그런지를, 펑크를, 얼터너티브 록을,

커트 코베인을 배웠다.

마약이 없이 취했고

권총 없이 자살하던 밤들이었다.

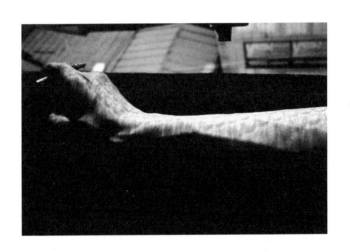

커트 코베인에 대해 배웠던 모든 것

내가 처음 커트 코베인의 〈Across the universe〉를 들었을 때, 숨소리를 죽여 창을 넘어오는 밤이 있었다. 우리는 반지하의 작은 창으로 어렴풋이 보이는 여름의 발걸음들과 좁은 방을 가득 채우는 가로등 불빛만으로 시간을 가늠했다.

학기가 끝난 여름은 언제나 길었다. 취한 배를 탔다가 바다 한가운데에 표류한 사람들처럼 여름밤을 하염없이 떠다녔다. 그의 작은 방에서는 언제나 거칠고 음울한 목소리가 울려 퍼졌다.

그가 내게 물었다.

"커트 코베인을 몰라? 단발머리, 줄무늬 티셔츠, 로큰롤."

나는 커트 코베인을 몰랐다. 스물넷 언저리였다. 어떻게 커트 코베인을 모르냐는 그의 눈빛을 보며 커트 코베인을 모르는 내 가족과 친구들 그리고 동네 레코드 가게를 떠올렸다.

시장 사거리에는 리리 악기점이 있었다. 리어카에서 들려오던 트로트와 마트 입구에서 울려 퍼지던 최신 댄스곡, 양말을 팔던 좌판 상인의 '골라, 골라' 외침을 뚫고 들렸던 아바의 노래는 리리 악기점 사장님의 선곡이었다. 기타도 리모컨도 음반도 팔았던 그곳에서 엄마는 카세트테이프를 샀다. 한국인이 가장 좋아하는 팝송들이 녹음되어 있던 하얀 테이프에는 앤 머레이, 바브라 스트라이샌드, 아바, 카펜터스 노래가 있었다.

엄마는 아바의 〈댄싱퀸〉을, 나는 카펜터스의 〈슈퍼스타〉를 좋아했다. 빨갛게 속살을 내놓은 수박을 앞에 두고 지키지도 않을 여름방학의 계획을 세우기에 바빴던 초여름에는 아바와 카펜터스의 노래를 들었다. 엄마의 말에는 마법 같은 힘이 있어서 엄마가 〈댄싱퀸〉을 들을 때 설렌다고 하면 나 역시 멜로디의 도입부터 마음이 설렜었고, 엄마가 카펜터스의 여가수가 매우 처연하고 불행했던 사람이었다고 말하면 〈슈퍼스타〉의 시작부터 마음이 우울해졌다.

"카펜터스 여가수는 스토커가 쫓아다녔대요. 밥을 안

먹는 병에도 걸렸대요."

리리 악기점에 붙은 카펜터스의 포스터를 가리키며 내가 들은 이야기들을 조곤조곤 떠들었다.

"어린 게 별 걸 다 안다."

사장님은 기타를 치며 말했다. 〈로망스〉를 연주했을 것이다. 내가 어릴 적, 기타를 치는 모든 사람들은 〈로망스〉를 연주했다. 나는 〈로망스〉를 여름날 오후, 살갗이 따가웠던 온도로 기억한다. 쇼윈도를 통과한 햇살이 리리 악기점 사장님의 어깨에 둥그렇게 꽈리를 틀었다. 결코 느린 박자가 아니었음에도 〈로망스〉를 들으면 등이 뜨겁고 졸음이 쏟아졌다. 나는 리리 악기점 사장님이 연주했던 〈로망스〉를 꼭 한 번 만져 본 것만 같다.

어쩌면 내가 들었던 모든 노래들은 공기였고, 온도였고, 습도였는지도 모르겠다.

나는 음악을 온전히 몸으로 기억한다.

"커트 코베인이 누군데?"

내가 그에게 물었을 때, 그는 커트 코베인의 표정을 흉내 내며 담배를 물었다. 여름밤의 공기가 고양이처럼 그의 품 안에 달려들었고, 그는 그것을 팔을 벌려 안아 쓰다듬었다. 여름 냄새였다. 수박 냄새였던가? 맥주 뚜껑을 열면 한번에 훅 쏟아지는 홉의 냄새였던가? 그것도 아니면 담벼락에서 혼자 자란 풀잎의 냄새였을까? 커트 코베인의 음색에 냄새가 실린 것은 그때부터였다. 나는 커트 코베인을 단발머리도, 줄무늬 티셔츠도, 로큰롤도 아닌 여름의 냄새로 기억한다.

파리의 여름밤에는 잦은 웃음소리, 복잡하지 않은 코드의 기타 연주 그리고 잔과 병이 부딪치는 소리가 있었다. 히스테리를 부리던 윗집 여자가 '조용히 해'라고 소리를 지르면 우리는 볼륨을 잠시 낮췄다가 다시 끌어올리며 여자를 놀렸다.

커트 코베인은 '아무것도 내 인생을 바꿀 수 없어'라고 노래했고, 지나가는 운동화 몇 켤레는 반지하의 창을 향해 외쳤다.

"Oui. Il a raison, M. Cobain."(그래, 코베인 씨, 그가 옳아.)

"비틀즈 노래 아닌가?"

나는 어쩐지 억울한 생각이 들어 다시 물었다.

커트 코베인이 아니라 비틀즈인데.

비틀즈라면 나도 안다. 중학교 때 영어 수업 시간에 〈Yesterday〉를 배웠다. 노래 가사에 밑줄을 그어 가며 해석해 주시던 영어 선생님과 눈이 마주치기 싫었던 것은 문장이 어려워서가 아니라 혹여 선생님이 남들 앞에서 노래를 시킬까 봐 겁이 나서였다. 하얀 종이에 인쇄된 노래 가사를 뚫어져라 보면서 'suddenly' 같은 단어를 볼펜으로 검게 칠했다. 스톱 버튼을 누르는 찰카닥 소리, '윙' 앞으로 감는 소리가 울려 퍼지던 교실에서 아이들은 비틀즈의 목소리를 들으며 소시지 반찬을 소화했다. 신 김치의 냄새가 남아 있던 교실의 오후, 듣기평가용 카세트에서 들려오던 〈Yesterday〉는 내게 여전히 지루한 음악으로 남아 있다. 노래를 기가 막히게 잘하는 것도 아니고, 연주의 테크닉이 현란하지도 않은 비틀즈의 그 노래가 왜 명곡인지 나는 이해할 수 없었다. 무라카미 하루키의 소설을 읽지 않았다면 나는 영원히 비틀즈의 음악과 절교한 채로 살았을 것이다.

비틀즈와 화해를 했다고 해서 〈Yesterday〉, 〈Hey, Jude〉를 좋아한다고 말할 수는 없다. 어쩌면 비틀즈 자체를 당당히 좋아한다고 쉽게 말할 수 없는 것인지도 모르겠다. 우리는 어쨌든 비틀즈를 좋아할 수도, 싫어할 수도 없는 문화 속에서 자랐으니까. '나는 비틀즈를 좋아해요'라는 말은 영화 대사에서도 들어 본 적이 없다. 비틀즈를 싫어하는 것은 어쩐지 모난 사람 같고, 비틀즈를 좋아하는 것은 왠지 모르게 부끄럽다.

솔직히 말하자면 나는 존 레넌을 좋아한다. 폴 매카트니가 들었으면 섭섭했을 말이지만, 매카트니의 노래를 들을 때마다 듣기평가용 카세트의 재생과 스톱, 앞으로 감기 버튼 소리가 들리는 것 같다. 단발머리에 분홍색 립스틱을 바른, 성마른 영어 선생님이 밑줄 긋는 장면이 자꾸만 떠오른다. 학교에서 비틀즈를 배우지 않았더라면 비틀즈를 훨씬 더 좋아했을지도 모르겠다. 〈Let it be〉가 남성복 광고에 쓰이지 않았더라면 그 멋진 가사를 사랑했을 것이다.

그러나 비틀즈는 너무 유명해졌고, 존 레넌은 죽었고, 폴 매카트니와 오노 요코는 오랫동안 사이가 좋지 않았다. 그리고 그사이, 〈Across the universe〉는 수없이 많이 리메이크되었다. 나는 〈Across the universe〉라는 곡이 커트 코베인에게 어울리지 않는다고 생각했다. 나사가 설립 50주년을 맞아서 북극성에 발신한 이 노래를 부르기에는 코베인의 힘이 들어간 목소리는 너무 무거웠다. 가죽점퍼 말고 요가복이 어울리는 노래 아니었던가.

"비틀즈가 부른 게 더 낫지 않나?"

커트 코베인을 모른다며 나를 비웃는 그에게 말했다

"너 정말 너바나도 몰라? 아기가 물속에서 헤엄치는 거, 너바나."

"너바나는 알아."

"그런데 왜 커트 코베인을 몰라."

커트 코베인을 모르는 이유를 생각할수록 엄마의 카세트테이프, 리리 악기점 사장님, 아이돌 사진을 하나씩 가지고 다니던 친구들이 차례로 머릿속을 방문했다가 사라졌다.

여름벌레들이 달려들었다. 가로등에 달라붙어 있던 그
것들이 방안의 미약한 전등 밑으로 하나씩 날아들었다. 들
쩍지근한 복숭아 냄새 때문이었을까. 한 입 베어 물으면 줄
줄 흘러내리는 단물에, 벌레들의 날갯짓에 묘하게 들뜬 분
위기가 있었다.

그는 복숭아를 좋아했다. 복숭아를 먹기 위해 여름을
기다린다고 했다. 나는 달콤한 그것을 안주 삼아 커트 코베
인의 목소리를 마셨다. 반복 재생되는 노래가 지나가는 사
람들의 걸음을 붙들 수 있을 것만 같았다. 반지하에 숨은
우리들에게 누군가 문을 두드려 주기를, 진짜 여름이 있는
곳으로 끌어내 주기를, 나는 사람들로부터 숨길 원했고 그
런 나를 누군가 찾아 주길 원했다.

커트 코베인의 노래를 몇 번을 들어도 존 레넌을 지울
수는 없었다. 요가 수련을 하는 존 레넌과 열반에 이른 커
트 코베인이 취기 오르는 머릿속에서 만나고 헤어지기를
반복했다. 존 레넌은 안개 가득한 숲으로 사라지는 것만 같
았고, 커트 코베인은 아무 소리도 들리지 않는 물속을 헤엄
치는 것만 같았다.

"여름이 길다." 그가 말했다.

반복되는 노래만큼 길고 지루한 여름 한 철을 그와 보
내며 나는 그런지를, 펑크를, 얼터너티브 록을, 커트 코베
인을 배웠다. 마약이 없이 취했고, 권총 없이 자살하던 밤

들이었다.

좀처럼 밖에 나가고 싶지 않게 만들었던 빈 주머니와 할 수만 있다면 언제까지고 창 너머로만 만나고 싶었던 여름의 태양 탓에 그의 반지하에 숨었을 것이다. 가끔은 가로등이 만드는 그림자들이 허락 없이 찾아왔다. 스쳐 가기만 하는 그들은 발걸음이 너무 바빠서 붙잡을 틈도 없이 사라졌다. 서둘러 집으로 향하는 그림자들을 보내고 돌아갈 곳이 없는 고아들처럼 남아 커트 코베인이 자살일까 타살일까를 따지는 일은 누군가가 줄거리만을 던져 준 소설을 써 내려 가는 과정이었다.

그는 자살, 나는 타살의 결말을 써 나갔다. 이야기는 자꾸만 샛길로 빠져 힘겹게 쌓이고 쉽게 허물어졌지만, 그것을 반복하는 내내 권태에 눌려 죽지 않고 여름을 보낼 수만 있다면 그럭저럭 괜찮은 놀이라고 생각했다.

냉장고에는 하이네켄과 버드와이저가 한가득 있었고, 프링글스 통에는 담뱃재가 쌓였고, 카펫에는 벌레들이 기어 다녔다. 그 여름, 나는 리리 악기점이 보유하고 있던 음반보다 더 많은 노래들을 들었다.

어느 날 밤에는 그가 카펜터스의 〈슈퍼스타〉가 아닌 소닉유스의 〈슈퍼스타〉를 들려주었다. 카펜터스의 〈슈퍼스타〉가 발은 없고 날개만 있어 걸터앉지 못하고 떠도는 새의 울음이었다면, 소닉유스의 〈슈퍼스타〉는 점점 무너지는 흙더미 속에 파묻히는 벌레의 비명 같았다. 그리고 그것은 스물다섯까지 켜켜이 쌓아 놓은 나의 세계에 구멍을 내는 총알이기도 했다. 그날 이후 카펜터스의 〈슈퍼스타〉는 무대에서 내려왔다. 처연한 여가수의 목소리를 잊고, 오랫동안 소닉유스의 〈슈퍼스타〉만이 남을 것이라 예감했다.

"여름이 길어서 지루하다."

우리가 두 번째 여름을 함께 보냈을 때, 나는 그에게 말했다. 내가 비틀즈의 〈Across the universe〉를 다시 듣기 시작할 무렵이었다. 너바나 팬들에게는 미안하지만, 몇 번을 들어도 '그런지'는 내가 좋아하는 음악 장르는 아니었다.

나는 하이네켄에 완전히 물려 버렸고, 히스테리 걸린 윗집 여자는 진즉에 이사를 가 버렸다. 커트 코베인의 자살 혹은 타살에 관한 이야기는 너무 흔한 소설 같아서 다시 쓰거나 읽고 싶지 않았다. 무언가에 취해 열반을 말하기보다 땀을 흘리며 사는 삶이 수행이라 생각했다. 나는 근육 한 점 없이 마른 우리의 몸이, 커트 코베인을 몰랐던 그때보다 더 부끄러웠다.

굵은 비가 떨어져서 창을 열 수가 없는 날에 그는 뜬금없이 내게 좋아하는 음악이 무엇이냐고 물었다. 너바나의 노래에 시큰둥하게 반응하는 내가 알미웠던 것인지도 모르겠다. 나는 그에게 토이를, 성시경을, 들국화를 좋아한다고 했다. 이제 여름이 지겨워져서, 여름의 냄새에 물려, 윤도현이 부르는 〈가을 우체국 앞에서〉를 듣고 싶고, 김광석이 부르는 〈사랑했지만〉을 고래고래 소리 지르며 부르고 싶다고 말했다. 그가 씁쓸한 얼굴로 고개를 끄덕였을 때 노래는 끝났고, 여름에 안녕을 고하는 빗줄기는 점점 가늘어져 갔다. 그 후로 며칠 동안 질척하고 지겨운 비만 내렸다.

나는 오랫동안 그와 보낸 두 번의 여름이 반지하 방에 숨었던 무기력한 시간이라 생각했었다. 한동안 커트 코베인의 노래를 듣지 않았던 것은 없어지지 않는 여름 냄새를 날려 보내고 싶었기 때문이었다. 끈적이는 장판이나 더운 벽지처럼, 내가 사는 공간에 커트 코베인의 여름이 오래 남는 것이 싫었다. 다만 내가 좋아하는 것들에 대해, 쉽게 바뀌지 않는 나에 대해 그때만큼 진지하게 고민했던 적은 없었던 것 같다. 나는 반지하 방에서 커트 코베인과 그런지 그리고 나를 배웠다.

10년째 봄이 오면 루시드폴을, 여름에는 들국화와 토이를, 가을에는 성시경과 김광석을, 겨울에는 이소라를 듣는다. M에게 달력보다 더 정확한 선곡이라고 놀림을 받지만, 그 오래된 노래들은 한 겹씩 자란 나를 들추지 않고, 자신의 이야기인 것처럼 덤덤하게 말해 준다. 음표만큼 숨겨진 나의 이야기를 만날 수 있어서, 그럼에도 불구하고 내 것이 아닌 척 따라 부를 수 있어서, 누군가와 함께 듣지 않아도 좋은, 혼자 들어서 더 편한 노래들이다.

다만 한국 가요를 모르는 프랑스 친구들이 좋아하는 가수나 음악을 물으면 비틀즈, 아니, 존 레넌을 좋아한다고 말한다. 처음에는 비틀즈라는 대답이 어쩐지 음악을 모르는 무식한 사람 같아서 창피했지만 이제는 익숙해졌다. 의외로 사람들은 타인의 취향에 대해 깊이 생각하지 않는다는 사실도 알게 됐다.

얼마 전 모임에서 비틀즈의 〈Across the universe〉를 들었다. 나는 원곡을, X는 피오나 애플이 부른 버전을 선호했고, Y는 커트 코베인이 부른 것이 가장 좋다고 말했다.

"커트 코베인이 누구야?"

스무 살을 조금 넘긴 L이 묻자, Y가 눈을 동그랗게 뜨고 L에게 되물었다.

"너 너바나 몰라? 물속에서 아기가 헤엄치는 거. 커트 코베인? 단발머리, 그런지."

이제 막 여름이 시작되고 있었다.

Y는 커트 코베인의 이야기를 시작했다. 단발머리, 그런지, 얼터너티브 록, 코트니 러브, 자살일까 타살일까, 여러 개의 리메이크 버전으로 노래가 재생되는 동안 그의 이야

기를 들으며 창을 활짝 열었다.

밤이 쏟아졌다. 여름 냄새가 났다. 반만 깨물어 먹은 복숭아와 눅눅해진 프링글스, 밤이슬이 내린 반지하에 숨은, 웅크린 스물다섯의 냄새였다.

La ville de Rouen

그렇게 늙어갈 것이라고 생각한다.
자신감을 잃고 젊음 그 자체를 잃겠지.
가슴이 있었던 자리에 상처만 남듯,
도려 나간 젊음 역시 포유류의 입 같은
우둔한 흔적만 남길지도 모르겠다.
그런 생각을 하자니 반듯하게 누워서도 가슴이 아팠다.
한쪽 가슴에 날카로운 메스를 들이댄 것처럼
찌릿한 통증이 찾아왔다.
가슴과 젊음을 잃게 되는 날이 오는 것이 두렵다.

루앙시

루앙에 다녀왔다. 추운 바람을 맞으며 북부의 도시를 돌아다닌 탓에 피로가 몰려왔으나 좀처럼 잠이 들 수 없었다. M은 자주 뒤척였다. 나는 책 한 권을 펼쳤다가 이내 포기하고 불을 껐다. 초라한 달이 떴다. 눈을 감으나 뜨나 검기만 한 천장에 오래된 벽지의 무늬가 빙그르르 돌고 있는 것 같았다. 내 집이 아닌 곳에서 밤을 보내는 일은 어딘지 불편한 의자처럼 몸을 어찌할 바 모르게 만든다. M이 15살 때부터 썼다는 매트리스는 탄력성을 완전히 잃어서 허리와 엉덩이 부분이 꺼졌다. 길이가 짧은 이불은 자꾸만 말려 올라갔고, 한기는 발가락부터 슬금슬금 기어 왔다. 그러고 보니 하루 종일 추운 날이었다.

루앙의 날씨는 기대했던 대로 흐리고 어두웠다. 강에서

불어오는 바람에는 유쾌하지 않은 습기가 있었으며, 미세한 물방울이 머리카락에 내려앉아서 뇌가 시린 느낌이었다. 짧게 자른 머리카락은 아침에 손질한 노력과는 상관없이 제멋대로 축 가라앉았다. M의 어머니는 모자를 꺼내 썼다. 오랫동안 북부에서 살아온 그녀는 이 고장의 날씨를 잘 알고 있다. M과 나는 되도록 빨리 집에 돌아가고 싶었으나, 그의 어머니는 대성당이며 고딕 양식의 대법원을 보여 주길 원했다. 암센터에 들러 절개한 부위를 소독하고 10여 개의 가발을 보고 그냥 돌아가는 것이 미안했던 모양이었다.

M의 어머니가 암에 걸렸다. 그 병이, 그러니까 '걸렸다'라고 표현하는 게 맞는 것인가? 감기처럼 대기 중에 떠돌아다니는 바이러스가 재수 없게 손바닥에 달라붙은 것은 아닐 텐데. 그렇다면 암이 자랐다고 해야 하는 것이 맞는가? 애초에 어딘가 숨어 있던 암이 가슴에서 4cm의 종양으로 자랐다고 하니까, 그게 더 적절한 표현일까? 사실 불어로 표현하자면 '걸렸다'가 아니라 '갖고 있다'라는 단어를 써야 한다. 다시 말하자. 그녀는 암을 갖게 됐다. 그리고 일주일 전에 수술을 했고 한쪽 가슴을 절개했다. 그녀의 브래지어 안에 들어 있는 볼록한 그것은, 그러니까 살이 아닌 솜 덩어리다.

처음으로 절개한 가슴을 보았다. 아니다. '가슴이 없는 가슴의 자리를 보았다'라는 표현이 적절할 것이다. 루앙으로 가는 차 안에서 M의 어머니는 '가슴이 있었던 자리를' 보여 주었다. 본인의 것은 아니었다. 구글 이미지 검색으로 생판 모르는 사람들의 잘라 낸 가슴의 자리를 보았다. 가을날 코스모스 사진처럼 수십 장의 사진들이 화면을 가득 채웠다. 유두와 가슴이 없어진 그들의 상처를 보며 바닷속에 사는 포유류의 입을 떠올렸다. 가슴의 볼륨보다 유두가 없다는 것이 조금 더 이질적이었다. 그저 그 갈색 살 한 점이 사라졌을 뿐인데, 길게 난 상처를 차마 오래 지켜볼 수 없었다. 유두라는 것이 그렇게 중요한 것이었던가. 나는 그것이 그리 예쁘다고 생각해 본 적이 없었던 것 같은데. 도려낸 자리에 마주하기 힘든 침묵이 있었다. M의 어머니는 사진을 보다가 이내 입을 다물었다. 나는 그녀의 두꺼운 스웨터 사이로 행여 사라진 유두의 흔적이 보이지는 않을까 두려워 고개를 돌렸다. 누군가의 상실감을 마주하고 태연한 표정을 지을 자신이 없어서였다.

암센터로 가는 길, 벽돌로 만들어진 공업 단지와 저소득층을 위한 아파트 그리고 센강이 보였다. 사람은 없고 수질을 알 수 없는 탁한 강물의 흐름과 육중한 공기의 무게만이 존재하는 풍경이었다. 기러기가 날았다. 멀지 않은 곳에 바다가 있다고 하나 믿을 수는 없었다. 저 회색 담벼락 뒤에 어떻게 푸르른 그것이 숨어 있을 수 있을까. 방향 감각이 없어 보이는 기러기 몇 마리에 속고 싶지는 않았다.

M은 오랫동안 루앙을 싫어했다고 말했다. 그 도시에서는 늘 좋지 않은 일들만 생겼다고 했는데 자세한 이유는 묻지 못했다. 좋은 일도 아니고, 군이 다시 꺼낼 필요까지야 없지 않은가. M의 어머니는 모자를 깊이 눌러썼다. 그 모습이 마치 '좋지 않은 일'이라는 단어조차 듣고 싶지 않아서 일부러 귀를 막는 것만 같았다. 불안했을 것이다. 말에 힘이 있다면, 그것은 언제나 좋은 쪽보다 나쁜 쪽으로 조금 더 민첩하게 움직이기 마련이니까.

절망하는 사람, 아픈 사람, 비극의 경계에 있는 사람 앞에서는 무심코 나오는 말에 빗장을 걸어 잠가야 한다.

농담처럼 '암에 걸리겠다'라는 표현을 자주 쓰는 사람을 알고 있다. 나는 그가 무심코 던진 말이 불행의 씨앗처럼 퍼져 나갈까 봐 쉽게 웃지 못한다. '암'이란 단어를 은유로 받아들일 여유가 내게는 없다. 주삿바늘에 시퍼렇게 멍들었던 아빠의 팔, 뺏기기 싫은 사람처럼 한쪽 가슴을 부여잡은 M의 어머니, 피로와 불안과 그럼에도 불구하고 회복하고자 하는 의지를 품은 단단한 납덩어리 같은 얼굴들이 떠오르기 때문이다. 말 한마디에 절망과 희망이 그들의 마음속에 추처럼 매달려 좌우로 왕복 운동을 한다. 암이 웃긴가? 암에 걸리는 게 우스운 일인가? 나는 그런 말이 싫다. 농담으로도 싫다.

좋지 않은 일, 불행을 말하고 싶지 않다.

아빠도 M의 어머니도 찬 겨울에 내게 말했다. 바람이 불고 코끝이 쩡하고 목덜미가 시린 어느 날, 암에 걸렸다고 혹은 암을 갖게 됐다고. 나는 대답했다. 요즘에는 암도 흔한 병이라더라. 집집마다 하나씩이다. 별거 아니다. 마치 암에 관해 잘 아는 의사처럼. 사실은 아무것도 모르면서.

어쨌든 흔한 병이 된 것은 맞지 않는가. 아빠도 암에 걸렸고, M의 어머니도 암을 갖게 되었으니. 병의 원인은 다양하다고 한다. 음식, 오염, 스트레스, 현재 나는 암에 걸리는 이유를 오십 가지 정도 알고 있다. 이제 곧 암의 원인에 대한 지식이 백 가지 정도로 늘어날 것이다. 암 환자들은 자신의 병에 관해 이야기하는 것은 바람직한 일이라고 한다. 그것도 테라피의 일부라는 것을 루앙으로 가는 길에 M의 어머니를 통해 알게 되었다. 암에 대한 지식이 또 하나 늘었다.

M이 몇 번씩 몸을 뒤척였다. 하루 종일 들었던 암에 관한 정보들을 소화하는 게 버거웠을 것이다. 잠을 자고 있지 않으면서 자는 척을 했다. 너무 많은 것을 알게 된 날은 도망가고 싶어지는 것을 알기에 그저 이불을 덮어 주었다. 별일 없는 척, 그렇게 우리 앞에 닥친 크고 작은 불행들을 이겨 나가려 했다. 그러나 병원 대기실에서 가방을 끌어안고 머리가 빠진 여자들을 바라보던 M의 어머니의 눈빛은 쉽사리 떨쳐지지 않았다. 겨울바람에 뒤엉킨 머리카락처럼

마음을 헤집어 놓았다. 어쩌면 그 도시 탓일까. 희미하게
뜬 비쩍 마른 달도, M이 보낸 불면의 밤도, 이불로 덮으려
한 크고 작은 불행들도, 오랫동안 M의 미움을 받은 그 도시
의 복수인지도 모르겠다. 잔 다르크가 화형을 당했다던 광
장에서 사진을 찍은 것이 실수였던가. 대성당 앞에서 경건
한 기도 대신 몸을 녹여 줄 술 한 잔을 찾았던 것이 잘못이
었을까. 중세시대 문화재가 고스란히 남아 있다는 그곳에
눈길 한 번 주지 않고, 동네 미용실 같았던 모발 센터 앞에
서 걸음을 멈춘 것이 화근이었는지도 모르겠다. 고딕 양식
건물들은 까맣게 잊고 크리스마스 장식용 방울이 달려 있
던 모발 센터의 유리문만 떠올랐다.

　　의사처럼 가운을 입은, 화장이 진한 여자가 우리를 맞
이했다. 친절한 미소와 새하얀 치아가 인상적인 여자였다.
그 여자는 10여 개의 가발을 미리 준비해 두었다. M의 어
머니가 보낸 사진만으로 그녀의 머릿결과 두상을 한눈에
알아볼 만큼 실력도 갖춘 듯했다. 그녀는 상자 안에 포장된
가발을 하나씩 꺼내며 활짝 웃었다.
　　"정말 진짜 같지 않나요?"
　　크리스마스 선물처럼 가발이 쏟아졌다.
　　M과 나는 정수리 부분이 달걀처럼 볼록하게 솟은 그것
들을 보며 감쪽같다고 맞장구를 쳤다. 생각보다 자연스러
웠다. 진짜 머리카락이라고 해도 믿을 수 있을 것 같았다.

다만 가발을 머리에 얹은 채로 힘을 준 이마와 긴장하여 위로 당겨진 눈썹이 어색했을 뿐이다. 그러나 그녀는 지금의 이질적인 감각에 금세 익숙해질 것이다. 언제까지나 젊은, 그 탐스러운 머릿결을 지금의 지친 머리카락보다 더 좋아하게 될 수도 있다. 잘라낸 가슴처럼 적응할 시간이 필요할 뿐이라고, 모발 센터의 여자는 말했다. 나는 그녀의 친절한 말에 어딘지 모르게 폭력적인 구석이 있다고 생각했다. 모든 것이 사실임에도 불구하고 '잘라낸 가슴처럼'이란 말이 사라진 유두의 자리를 때릴 것만 같았다.

나는 M의 어머니에게 가발을 쓴 모습이 매우 젊어 보인다고 말했고, 그녀는 조금 웃었다. '젊어 보인다'는 말은 사실 여부와 상관없이 좋은 표현이다. 60대 여성의 젊음을 향한 회한과 옅은 욕망을 조금씩 이해하기 시작했다. 서른 중반이 되었기 때문인가. 나는 여전히 스스로를 젊다고 여기나 또 한편으로는 나의 젊음에 자신감을 잃어 가고 있다. 그렇게 늙어갈 것이라고 생각한다. 자신감을 잃고, 젊음 그 자체를 잃겠지. 가슴이 있었던 자리에 상처만 남듯, 도려 나간 젊음 역시 포유류의 입 같은 우둔한 흔적만 남길지도 모르겠다. 그런 생각을 하자니 반듯하게 누워서도 가슴이 아팠다. 한쪽 가슴에 날카로운 메스를 들이댄 것처럼 찌릿한 통증이 찾아왔다. 가슴과 젊음을 잃게 되는 날이 오는 것이 두렵다.

"자?" M이 물었다.

"아니." 조용히 대답했다. 그리고 한참이 지나서야 그가 말했다.

"바람이 세다."

고작 그 말 한마디를 하려고 그렇게 몸을 뒤척였던 것인가? 나는 북부의 바람이 매우 싫다고 말하고 싶었으나 다시 집어삼켰다. 혼자 간직하는 게 나은 말이다. 그냥 M의 등을 다독였다.

북부의 바람이 싫다. 북부가 싫고, 그가 자라온 곳에서 며칠을 지내는 것도 견디기가 어렵다. 그것이 솔직한 내 마음이었다. 그곳은 무겁고 어둡고 축축했다. 몸이 춥고 마음이 시린 곳이다. M의 어머니의 어두운 얼굴과 M의 한숨이 무겁다. 이제 어른이니 그런 것들을 감당하고 살아야 한다고 말하는 것 같아서 당장이라도 도망치고 싶었다. 그러나 M의 어머니의 얼굴, 그것이 자꾸만 검은 천장을 맴돌았다. 오래된 벽지의 무늬처럼 뱅글뱅글 돈다. 웃고 있지도 울고 있지도 않은 기묘한 표정의 가발을 쓴 그녀가 밤을 떠다닌다.

"성당이 예쁘더라."

나는 그렇게 말했다. 어두운 것을 몰아내는 주문을 외우듯, 기품 있고 우아했던 루앙의 성당을 또박또박 발음했다. 계피와 오렌지 향기가 진했던 뱅쇼에 대해서도, 카페에서 M의 어머니와 M과 내가 마셨던 샴페인에 대해서도 말했다. M은 묵묵히 듣고만 있었다. 나는 그의 머릿속을 떠다니는 우울한 가발 10개와 병원의 냄새를 몰아내 줄 재간이 없음을 깨달았다.

"아프지 마."

한참 동안 조용하던 M이 말했다. 그의 말에 아직 봉긋한 가슴과 그 안쪽에 있는 뜨거운 무언가가 아팠다. 나는 그에게 날씨 좋은 날 루앙에 다시 가자고 말했고, 그는 그때 즈음에는 머리가 다 빠진 엄마의 가발을 찾으러 가야 할 것이라고 대답했다.

나는 M의 어머니가 예쁜 가발을 골랐으면 좋겠다. 기왕이면 길이가 짧고 조금 더 젊고 생기 있어 보이는 것을 썼으면 한다. 젊음에 대한 미련과 생기를 갖고 싶은 열망을 이해하기에, 가발을 쓴 그녀가 그전보다 더 예쁘기를 진심으로 바란다.

가슴이 사라진 후에 그곳에 남은 흔적을 생각했다. 유두가 없는, 포유류의 입 같은 것이 남은 그 자리가 내 것인 것처럼 아팠다. 밤새 가슴이 아팠다.

La nuit qui couvre notre ombre

그들이 넘어갔다던 그 시커먼 세상은
지금 어디에, 어떤 모양으로 남아 있을까?
밧줄을 단단히 매고,
손전등을 입에 물고 가면 닿을 수 있는 곳일까?

우리의 그림자를 덮은 밤

온 동네에 가로등 하나 남김없이 불이 꺼지면 어둠은 덩어리가 되어서 찾아온다. 산 능선을 넘어 슬그머니, 마을 아래 도로에서부터 낮은 포복으로 밤이 찾아왔다. 심연처럼 캄캄하여 머리와 꼬리가 구분되지 않는 밤은 제멋대로 검은 머리카락을 풀어헤치고 맨발로 뛰어놀았다. 오베르뉴 지방의 작은 마을에서는 흔한 일이다. 에너지 절약 차원에서 시에서 일률적으로 공공 조명을 꺼 버린다. 딱히 불평하는 사람도 없다. 그 시간에 돌아다니는 사람이 없으니 민원도 없을 것이다. 인구 고령화에 시달리는 그곳에서는 대부분의 집들이 밤 10시 정도가 되면 이른 저녁 식사를 마치고 이미 잠자리에 들어간다.

그날 우리의 저녁은 식후 술 한 잔으로 이어졌다가 싱겁게 끝이 났다. 먼 길을 운전해서 오느라 피로했던 이들은 이곳의 리듬을 따라 자연스럽게 하나둘씩 자리를 떴다.

　제법 마셨다. 빈 술병이 꽤 나왔다. 바깥 공기를 마시기에 좋은 핑계였다. 사람이 많은 자리는 어느 순간이 되면 답답해진다. 기름진 음식과 가벼운 언어 그리고 산소를 함께 먹어 버리는 것은 아닐는지. 표정을 감춘다고 노력했지만, 자꾸만 목을 긁어 손톱자국이 벌겋게 올라왔다. 밤이 컴컴한 것은 다행이었다. 불편한 얼굴도, 붉은 손톱자국도, 이래저래 감추고 싶은 것이 많았다.

　B가 문을 쾅 하고 닫는 순간, 어둠이 우리를 덮쳤다.

　새까맣고 끝이 뭉툭한 어둠이었다. 손을 뻗으면 몰캉몰캉한 무언가가 하나씩 잡힐 듯 모여들었다가 금세 흩어졌다.

　"소등이다."

　B가 말했다. 은근히 새어 나오는 불빛조차 드문드문한 거리 위로 순식간에 시커먼 것이 쿵 하고 떨어졌다. 저기즈음에는 검푸른 산이 있고, 저쪽에 물이 흐르지 않는 분수대가 있고, 저기 모퉁이를 돌면 밤나무가 있음을 기억하며 머릿속으로 지도를 그렸다. 발걸음을 끌고 가는 것은 시각이 아니라 청각과 후각과 직감이었다. 길은 대충 더듬어 갈 수 있으나 발끝에 걸리는 돌멩이들은 어쩔 수 없다. 작고 이질적인 존재에 소스라치게 놀라 발을 헛디디기도 했다. B와 나는 서로 조심하자며 어깨를 다독였다. 그는 허리

를 구부리고 몸을 최대한 작게 움츠렸다. 압도적인 밤 앞에 서는 스스로 몸을 낮추어야 한다고 했다. 나는 그의 말을 완전히 신뢰하지는 않았지만 믿져야 본전이라는 마음으로 어깨를 구부리고 고개를 숙이는 시늉을 했다.

B가 주머니에서 꺼낸 라이터는 발밑을 살피는 데 별 도움이 되지 않았다. 핸드폰을 가지고 나왔어야 했는데, 라는 후회도 소용없었다. 밤이 긴 팔을 휘저었고 B와 나는 이미 발목을 붙들렸다. 어둠이란 것이 이토록 낯선 것이었던가? 나는 한 번도 제대로 된 밤을 경험해 보지 못한 사람처럼 당황하여 버둥거렸다. 허공을 더듬었다. 손에 잡혔다가 빠져나간 것은 형체 없는 검은 공기뿐이었다. 젖은 풀냄새, 산을 타고 내려온 눅눅한 흙냄새를 맡았다. 한 발씩 내디딜 때마다 깊고 검은 수렁으로 빠져들어 가는 기분이었다.

이곳에서 살아가려면 손전등이 필요하겠다, 내일 당장 손전등을 사야지, 그렇게 우울한 다짐도 했다. 쇼핑리스트의 1번이 손전등이라니. 패브릭 소재의 쿠션이나 보드라운 실로 짠 무릎 덮개도 아니고. 그제야 시골에서 살게 되었음을 실감했다. 무늬가 징그러운 나방이 목덜미를 비비는 것만 같았다. 작은 박쥐가 날아다닌다던데, 까만 포유류의 날갯짓을 어떻게 피해야 하나, 그런 것들이 몸에 닿는 것이 싫었다. 예측할 수 없는 방향으로, 길이 아닌 곳으로 다니는 모든 것들이 두렵다.

노인은 작은 손전등을 항상 가슴 주머니에 넣어서 다녔더랬다. 손전등이지만 정작 손잡이 부분에 잇자국이 선명했던 것은 늘 바쁜 두 손 탓이었다. 한 손으로는 덤불을 헤치고 한 손으로는 해진 밧줄 하나를 쥐고 걸어야 했으니까. 줄이 팽팽하게 당겨지지 않으면 불안했는지 자꾸 뒤를 돌아보았고, B는 노인이 45도 각도로 고개를 돌리는 것이 무서웠노라고 말했다. 어린 동생들이 장난을 하다가 줄을 떨어뜨리기라도 하면 호되게 야단을 맞는 것은 항상 그였고, 그것이 수십 년이 지난 지금까지 억울한 듯했다. '아무것도 보이지 않았어도 화난 얼굴은 선명했다'라고 말하는 B의 얼굴은 어느새 화난 노인의 표정을 담고 있었다. 분명 닮은 구석이 있기는 했으나 어딘지 어색했다. 솜씨 없는 모조품 같았다.

　　아버지와 아들의 얼굴이 닮은 듯 달랐다. 소 떼를 몰고 다닌 사람과 서류 더미에 파묻혀 사는 사람이 같은 표정을 짓고 살 수는 없었을 것이다. 아버지는 이마 한가운데 넓고 깊은 주름이 수평으로 잡혀 있었고, 아들은 미간 사이 세로로 길게 주름이 파여 있다. 아버지는 볼이 움푹 들어갔고 아들은 턱 주변에 두툼한 살이 늘어졌으며, 아버지는 양쪽 입가에 활 모양으로 휘어진 주름이 졌고 아들은 비뚤어진 왼쪽 입매, 그 옆에만 팔자주름이 진했는데 오랜 시간 바르지 않은 자세로 일한 탓이라고 했다. B의 척추는 조금 휘었고 어깨는 살짝 기울어졌으며 허리 통증으로 종종 진통제를 먹기도 한다.

노인은 아니었다. 그를 몇 번 만나보았지만 어디 하나
휘어진 곳 없는 작고 단단한 사람이었다. 사실 단단한 것인
지 근육과 뼈와 통증이 돌처럼 굳어 버렸던 것인지 이제 확
인할 길이 없지만, 허리춤에 긴 연장을 차고 무릎까지 올라
온 잡초 사이를 헤치고 다녔던 것을 생각하면 허리만큼은
건강했을 것이라고 짐작한다. 대신 약한 무릎이 골치였다.
몇 번이고 문제를 일으켰던 왼쪽 무릎은 물이 차기도 하고
관절염이 심해져 퉁퉁 부어 있을 때도 있었다.

'무릎이 아프다.'

그렇게 딱 한 마디를 남기고 밭으로 들어가던 노인의
뒷모습을 기억한다. 신발 안에 자갈이 들어간 사람처럼 땅
에 발을 디딜 때마다 절룩거렸지만 한 번도 쉬지 않고 걸었
다.

B를 볼 때마다 노인의 걸음을 생각했다. 아들은 아버지
의 걸음을 닮았다. 자신의 걸음을 본 적 없는 B는 절룩이던
아버지를 원망한 적도 있었다고 말했다.

돌무더기가 많은 길을 걷다가 발을 잘못 내딛기라도 하
면 밤에 잠을 설친다는 노인의 말에 신경이 쓰였다고 했다.
생신에 발이 편하고 무릎에 무리를 주지 않는 비싼 신발을
사 드린 적도 있었는데, 어차피 새 신발을 신지 않는다는
것을 잘 알고 있었지만 그렇게라도 해서 마음의 짐을 덜고

싫었다고 했다. 신경이 쓰이는 게, 그것 때문에 일에 집중하지 못하는 게 싫었다고 말하는 그의 얼굴이 어둠 속에 묻혀 있었다. 그도 감추고 싶은 것이 있었을 것이다.

　돌아가시기 1년 전 즈음 노인의 아픈 곳이 늘어났다. B에게 전해 들은 노인의 소식에 모두 안타까워했지만 한편으로는 지극히 당연한 노화 현상쯤으로 여겼다. 어쩌면 내게 닥친 일이 아니라고, 한 인간이 죽음을 향해 가는 과정을 너무 쉽게 생각했었는지도 모르겠다.
　노인의 통증은 무릎에서 발목으로, 손가락 마디마디까지 번져 갔다. 의사의 말에 의하면 그 나이에 있을 수 있는 가벼운 통증들이 노인에게는 하루를 잡아먹는 불만거리가 되었다. 늘 어딘가 아프다는 노인의 말에 B는 어느 날은 덤덤했고 어느 날은 짜증이 났으며, 괜찮은지, 잘 지내는지, 안부를 묻는 게 두려운 날도 있었다고 했다.
　'아버지 잘 지내세요?'라는 말이 끝나기가 무섭게 노인은 멀쩡하지 않은 무릎과 관절을 향한 불만들을 쏟아 냈고, 그럴 때면 B는 수화기를 내려놓고 담배를 한 대 피우며 레퍼토리가 끝나기를 기다렸다고 했다.

　어느 여름, 잘 지내시냐고 묻는 B의 안부에 노인이 가쁜 숨을 몰아쉬었다. B는 노인의 말투에서 어쩐지 과장한다는 느낌을 받았고, 5분도 안 되는 통화시간 동안 담배 두대를 태웠다고 했다. 왜 그리 한숨을 쉬느냐는 노인의 말에 자기도 모르게 '아버지가 제발 잘 사는 척이라도 해줬으면 좋겠습니다'라고 말해 버렸는데, 그것이 두고두고 후회되는 일이 되었다고 몇 번이고 말했다.

나는 '후회'라는 말보다 '두고두고'라는 단어가 더 무서웠다. B의 이야기를 들으면서, 노인에 관한 기억은 잠시 잊고, 앞으로 오래도록 만나야 할 컴컴한 밤을 걱정했기 때문이다. 두고두고, 계속될, 이 검은 밤을 나는 감당할 수 있을까. 나만을 위한 고민과 걱정으로 몸을 움츠렸다.

밤이 표정을 감춰 주었다. 다행이었다.

아무것도 모르는 B는 '그때의 밤은 우리의 그림자를 덮쳤고'라는 문장으로 이야기를 시작했다. 이미 몇 번이고 들었던 B의 이야기가 그날 밤만큼은 지루함 없이 솔깃하게 들렸다.

노인이 길게 늘어뜨린 줄을 B가 제일 앞에서 잡고 걸으면 B의 뒤로 여동생 둘과 남동생 셋이 따라왔다던 어느 날 밤의 이야기였다. 밧줄을 단단히 붙들고 길을 걸어야 한다고 주의를 줬음에도 불구하고, 꾸벅꾸벅 졸다가 줄을 놓친 막내의 엉덩이를 흠씬 두들겨 패는 일은 B의 몫이었다.

B는 엉덩이에 일곱 개의 점이 있어서 별명이 북두칠성이었다는 막내의 이야기를 하며 담배에 불을 붙였다. 끊었다던 담배를 다시 태우기에 막내의 건강은 좋은 핑곗거리

였다. 노인은 죽기 전에 막내의 이름을 불렀다고 했다. 몇 년 전에 뇌졸중 후유증으로 다리를 절게 된, 오십을 훌쩍 넘은 막내가 노인은 마음에 걸렸었던 모양이다. 돌아가시는 순간에도 B의 손을 잡고 막내에게서 눈을 떼지 못했다고 했다.

"뭘 어쩌겠어, 뇌졸중 합병증인데. 내가 의사도 아니고."

B의 입에서 한숨처럼 쏟아져 나온 담배 연기와 그의 더운 숨을 밤공기가 단숨에 삼켜버렸다.

한밤중에 쓰레기장으로 빈 병을 버리러 가자며 라이터와 담배를 챙겼던 것은 아픈 막내 탓이었을까? 죽은 노인 탓이었을까? 컴컴한 어둠 탓이었을까?

담뱃불은 반딧불처럼 반짝였고, 하얀 연기는 노인의 수염처럼 길었다.

"나는 참, 이런 어둠을 예전에는 몰랐어요"라는 나의 말에 B는 어릴 적, 수도 없이 시커먼 세상을 넘어갔다고 했다. 동생들이 한 명씩 엮인 밧줄을 쥐고, 아래위로 흔들리는 아버지의 손전등 불빛을 따라 어둠을 넘었다고 말했다.

그들이 넘어갔다던 그 시커먼 세상은 지금 어디에, 어떤 모양으로 남아 있을까? 밧줄을 단단히 매고, 손전등을 입에 물고 가면 닿을 수 있는 곳일까?

해진 밧줄 하나에 의지하며 걷던 그 길가에 메주처럼

줄에 매달린, 머리가 하얗게 센 B와 B의 늙은 동생들을 상상했다. B의 막내가 다리를 절게 된 것은 안타까운 일이다.

'뭘 어쩌겠는가, 줄을 바짝 당겨 걸을 수밖에'라고 생각하면서도 느슨해진, 땅바닥에 축 늘어진, 닳고 닳은 밧줄의 이미지만 검은 공기 위를 동동 떠다녔다.

컴컴한 밤이었다. 때때로 담뱃불이 번쩍일 때마다 B의 밤색 눈동자가 동물의 그것처럼 번뜩였다. 어쩐지 눈동자가 좁아진 것 같다.

눈동자도 늙을까? 눈동자도 다른 근육이나 피부처럼 작게 쪼그라들거나 바싹 말라 버리기도 할까? 촉촉하게 안구를 감싸고 있던 습기들이 증발하고 동그란 그것이 말라 비틀어져서, 대추를 발라 먹고 남은 볼품없는 씨앗처럼 그렇게 노쇠하기도 하는 것일까? 그런 것들이 궁금하면서도, 그런 것들을 궁금해한다는 것에 왠지 모를 미안함을 느꼈다. 그에게서 늙음을 보는 것, 또 그것을 생각하는 것만으로도 결례가 아닌가. 그러나 B의 눈동자에서 자꾸만 씨앗이 보였다. 작고 메마른 씨앗이 반짝였다.

B는 어둠을 더듬으며 몇 번이나 이렇게 컴컴한 밤에는 노인의 손전등이 유용했을 것이라고 말했다. 아마도 나는 그때, B의 나이가 60세를 넘겼고 시커먼 어둠을 여전히 두려워하고 있음을 깨달았던 것 같다.

그러고 보니 노인도 죽기 전, 휠체어에 앉아서 다가오는 새까만 것들이 두렵다고 했다는데. 속을 비운 짐승의 가죽처럼 의자에 늘어진 그가 주머니 없는 환자복의 가슴 쪽을 더듬거리며 찾았다는 그것은 손전등이었을까? 혹은 밧줄이었을까? 그런 모습들을 생각하자니 빈손이 허전하기도 하고, 이렇게 어두운 시골에서 살기로 한 것이 과연 잘한 결정인가 하는 생각도 들어 머릿속이 복잡했다.

우리는 한동안 집으로 돌아가지 못하고 밤을 헤맸다. 손전등과 밧줄이 없는 것이 아쉬웠지만 누군가를 탓할 일은 아니었다. 후회 같은 자갈들이 계속 밟혀 발바닥이 아팠고, B는 얼마 걷지 못하고 무릎이 아프다고 말했다.

아무것도 보이지 않는 새까만 밤이었다.

우리는 사선으로 걷고 있었다.

J'ai avalé la dernière nuit

그 고소한 밤이 부서져서 녹는 소리가
귓전에 울리는 게 좋아서,
나는 멈출 줄 모르고 밤을 꺼내 먹었다.

나는 지난밤을 삼켰다

밤에 손톱을 자르면 안 된다고 했다. 어둑한 방에는 뚱뚱한 티브이가 조용히 이부자리를 비쳤다. 최불암이 머리가 새하얀 할머니에게 '어머니'라고 부를 때마다 할아버지는 벽을 향해 돌아누웠다. 포마드 기름에 딱딱하게 굳은 머리카락이 번들거렸다. 단정한 뒤통수에는 비듬이 꽤 많이 숨겨져 있었다.

나는 손톱깎이를 들고 몰래 새끼손톱을 잘랐다. 김수미가 '복길아'라고 부르는 장면에 맞춰 '탁탁' 손톱이 튀는 소리를 감췄다. 조금씩 물어뜯었던 손톱이 시원하게 떨어져 나갔다.

휘어진 검지 손톱은 엄마를 닮았다. 그것을 자를 때는 속살을 파먹을 수 있으니 집중력이 필요했다. 김혜자나 최불암이 화를 내는 장면은 절호의 기회였다. 할아버지와 할머니가 콧구멍이 크게 벌어진, 억울한 눈을 깜빡이는 김혜자에게서 눈을 떼지 못할 때, 나는 검지 손톱을 잘랐다. 탁, 아야! 또 속살을 파먹었다. 바짝 깎은 손톱 밑에 까슬까슬한 살이 빨갛게 부풀어 올랐다. 할머니가 나를 노려보았다. 할머니는 밤에 손톱을 자르면 애비가 빨리 죽는다고 했다.

'지 애비 잡아먹을 년'이라고 호통을 치던 할머니는 무당처럼 진분홍색 내복을 입고, 나와 내 부모의 미래를 점쳤다. 그래 봬도 수입품만 판다는 가게에서 산 내복이었다. 국내에서 찾기 힘든 미국형 XL 사이즈, 할머니는 뚱뚱했고 가슴이 컸다. 할머니의 몸에 맞는 속옷이나 내의는 쌍방울, 트라이 같은 국내 브랜드에서 찾기 힘들었다. 미국산 진분홍 내복이 화난 할머니의 얼굴과 함께 정육점 불빛처럼 번뜩였다.

나는 젖소처럼 커다란 가슴을 손바닥으로 내리치며 화를 내듯이 기도하는 할머니의 모습이 늘 우스웠다. 할머니는 사실 예수에게 따지고 싶었던 것이 아니었을까. '헌금을 가져갔으니 이제 복을 내놓으시오'라고. 한쪽으로 쏠린 할머니의 처진 가슴을 징그러워하며 덜 잘린 검지 손톱을 잡아 뜯었다. 덜렁덜렁 매달렸던 것이 툭 하고 끊어졌다. '설마 나 때문에 아빠가 일찍 죽나, 그런 말도 안 되는 미신이어디 있나' 중얼거리다가 슬슬 불안해질 때 즈음, 골목에서부터 아빠의 노랫소리가 들렸다. '애비는 멀쩡합니다'라고 외치는 듯, 그는 '브라보, 브라보, 원더풀, 원더풀, 아빠의 청춘'을 노래했다.

그러고 보니 아빠는 노래하는 것을 좋아했다. 어릴 때부터 미군들을 쫓아다니며 '헬로, 헬로, 초콜렛또기브미'를 불렀다고 했다. 짧게 자른 머리가 밤톨 같았다는 그가 미군 뒤꽁무니를 쫓으며 초콜릿을 얻어먹었다는 말이 마냥 웃긴 이야기인 줄만 알았다가, 어느 날 길에서 마주친 집시 아이들을 보며 울컥했다. 입가에 버짐이 핀, 머리에 이가 살던 동양 어린이를 미군들은 어떻게 보았을까. 더러운 집시 아이들이 돈을 달라고 달려들면 내가 몸을 피하듯이, 그들도 내 아버지를 벌레처럼 여겼을까. 고고해진 나의 오늘이 부끄러울 때가 있고, 그럴 때면 초콜릿이 먹고 싶어진다.

찢어진 손톱은 소매 끝에 숨겼다가 할머니의 베개 밑에 넣었다. 코를 심하게 고는 성난 할머니의 얼굴에 '후후'하고 바람을 불 때도 있었다. 할아버지는 그 모든 것을 알면서도 자는 척을 하거나 못 본 척 드라마에만 집중했다.

최불암이 재채기를 하면 할아버지는 헛기침을 했다. 칼칼한 목에서는 약간의 가래가 끓었다. 일용엄니, 김수미가 눈을 부라리고 화를 내면 자다가도 피식 웃었다. 어둠 속에서 은니가 반짝였다.

할아버지는 전원일기를 자연농원이라고 불렀다. 'ㅈ'으로 시작한다는 것과 전원과 자연이 주는 비슷한 느낌을 제외하고는 딱히 공통점이 없는 이 두 단어가 할아버지의 머릿속에서 엉켜 버렸다. 오래전에 종영한 드라마와 이제는 영어 이름을 쓰는 테마파크의 옛날 이름이 뒤섞여 버린 까닭을 아무도 알지 못하나, 다만 한 가지 짐작되는 것이 있다. 어느 날 할아버지와 내가 자연농원의 튤립 축제 광고를 보고 있었다. 네덜란드 전통 의상을 입은 여자가 풍차 밑에서 튤립을 한 움큼 따고 있는 것을 보던 할아버지가 내게 물었다.

"너도 저기, 전원일기에 가고 싶냐?"

리모컨을 쥐고 뭐라고 대답해야 할지 몰라 망설였던 내게 할아버지는 다시 말했다.

"자연농원 할 시간이니까 소리 좀 키워라."

최불암의 어머니가 최불암의 손에 먹을 것을 쥐여 줬다. '이거 먹어라', '됐어요, 어머니', '애미가 주면 먹어', 별 내용 없는 대사들을 가만히 듣고 있던 할아버지가 다시 벽을 보고 돌아누웠다.

할아버지는 전원일기에 가고 싶었던 것일까.

거기가 할아버지의 자연농원이 아니었을까.

할머니는 할아버지의 어머니를 '지독한 양반'으로 기억했다. 똥구멍이 찢어지게 가난한 집이었고, 시어머니의 시집살이와 무능한 남편 때문에 할머니는 매일 울었다고 했다. 이런 집에 시집온 자신의 팔자를 평생 원망하며 살다가, 그나마 예수를 만난 것이 다행이라고 입버릇처럼 말했다. 글쎄다, 내가 보기에는 예수가 할머니의 불행을 십자가에 지고 떠난 것 같진 않았다. 할머니는 쭉 원망했고, 내내 불행했다.

할머니의 한풀이가 시작되면 할아버지는 말없이 발가락을 만지작거렸다. 무좀 때문에 하얗게 껍질이 벗겨진 발이었다. '할아버지 양말 좀 벗겨라'라는 말이 세상에서 제일 싫었다. 그는 내가 티브이를 볼 때마다 발을 내밀고 내가 그의 양말을 벗겨 주기를 기다렸다. 익살스러운 표정을 지으며 버티고 앉은 할아버지가 얄미웠다. 목이 긴 검은 양말에서 떨어져 나온 하얀 각질이 싫었다. 늙은 발에서는 늙은 냄새가 났다. 할아버지는 늙은 냄새가 싫다고 독한 향수를 뿌리고 다니셨지만 발바닥에서 나는 냄새는 어쩔 수 없었다.

할아버지는 전원일기를 반쯤 보다가 잠이 드셨다. 그리고 자막이 올라갈 때 즈음에 다시 슬그머니 눈을 뜨고 물었다.

"자연농원 끝났냐?"

"네."

"네 애비 들어왔냐?"

"아니요."

할아버지가 다시 누웠다. 자연농원에서는 6월의 튤립 축제가 한창이었다. 나는 꼭 한 번 자연농원에 가고 싶었다. 기차로 못 가는 먼 나라들이 꼭 저렇게 생겼을 것이리라 상상했다.

할머니는 코를 골았다. 할아버지는 할머니에게서 멀리 떨어져 돌아누웠다. 나는 다시 손톱을 자르기 시작했다. 할머니 경대에는 학이 그려진 손톱깎이와 센베 과자가 있었다. 센베 과자를 입에 물고 손톱을 깎았다. 과자가 바삭하게 부서지는 소리와 손톱이 툭 끊어지는 소리가 들리지 않게 티브이 볼륨을 높였다. 미니시리즈가 시작하기 전까지 광고 시간이 길어서 열 손가락의 손톱을 모두 자르기에 충분했다. 한동안은 최진실이 예뻤고, 어느 날은 고소영이 세련됐으며, 누가 뭐래도 최고는 심은하였다. 나는 예쁜 여자 연예인들을 보며 센베 과자를 조금씩 베어 물었다. 너무 많이 먹으면 할머니에게 혼이 날 테니까 한 개 반 정도가 적당했다. 치아가 썩는 줄 모르고 달짝지근한 그것을 베어 물면 고소한 밤이 오독오독 씹혔다. 어른들은 자고, 살짝 열어 둔 대문에서는 덜컹덜컹 소리가 났고, 봄은 달았다. 여름에는 수박껍질 향기가 났고, 가을에는 포근한 이불이 좋았고, 겨울은 뜨끈한 장판이 누렇게 익었다. 그 방에 울려 퍼지는 밤이 좋아서, 치아 사이에 낀 밤의 조각이 고소해서, 매일 그 시간을 기다렸다. 손톱을 반듯하게 다듬고, 티브이 속에서 활짝 웃는 심은하의 보조개를 보며 손가락으로 괜히 양 볼을 가만히 눌러 보았다. 그렇게 하면 보조개가 생긴다고 짝꿍이 말해 주었다. 옆 반의 아무개는 볼펜으로 볼을 열심히 찔러 보조개를 만들었다고 했다. '아무리 그래도 볼펜으로 찌르면 아플 텐데, 대단한 아이다'라고 생각하며 볼펜 대신 손가락으로 꾹 눌렀다. 활짝 웃던 심은하가 30초 만에 사라졌다. 열심히 눌렀건만, 보조개 대신 붉은 손톱자국만 남았다.

심은하가 사라지고 고소영이 나오자 할아버지가 물었다.

"네 애비 들어왔냐?"

"아니요."

그가 다시 돌아누웠다.

검지로 더듬더듬 보조개 자리를 다시 찾았다. 밤에 먹은 센베 과자 때문에 얼굴이 통통해지는 줄도 모르고, 아무리 눌러도 들어가지 않는 볼때기가 싫었다. 갸름하고 뾰족한 턱을 갖고 싶었다. 보름달 같은 얼굴이 싫다고 징징거리면, 엄마는 나중에 빠질 젖살이라고 나를 달랬다. 거짓말이었다. 지금도 빠지지 않는 볼살을 엄마는 여전히 젖살이라고 우긴다. 나이든 딸의 부은 얼굴을 서른다섯 해가 가도 사라지지 않는 젖살로 여기고 살아간다.

할아버지는 심은하를 싫어했고 복길이를 좋아했다. 서울에 사는 큰어머니가 복길이의 얼굴이 실제로는 주먹만 하다고 말해 주어도 할아버지는 믿지 않았다. '얼굴 작은 것들은 대가리가 대추 씨알만 해서 복쪼가리가 없다'는 할아버지의 미의 기준 탓에 온 집안 식구들이 머리가 큰 것인지도 모르겠다. 그러고 보니 언제부턴가 주먹만 한 얼굴이 미의 기준이 됐다. 머리가 크면 총명하고 볼이 두툼하면 재복(財福)이 있어서 좋은 줄 알았는데, 티브이에 소두들이 등장하는 바람에 타고난 머리 크기도 핸디캡이 되는 세상을 살았다.

그렇다고 할아버지가 좋아하는 복길이가 머리가 크다는 것은 절대 아니다. 다만 그녀는 드라마 속에서 밥을 잘 먹었다. '실제로는 다이어트를 하느라 밥을 잘 먹지 않을 거다'라고 말해도, 할아버지는 복길이가 밥을 잘 먹어서 예쁘다고 했다. 할아버지의 여동생이 그렇게 밥을 잘 먹었다더라. 아니, 밥만 많이 먹었다더라. 단 한 번도 본 적 없는 할아버지의 여동생을 가끔 상상해 봤다. 찢어지게 가난하여, 남편을 잘못 만나, 불쌍하게 죽었다던 그녀의 이름을 집안 식구 누구도 언급하지 않았다. 금기어가 되어 사라진 존재를 할머니만이 가끔 목소리를 낮춰 불행을 피해 조심스레 부르고는 했다. 없는 집에서 자라 그런지 밥만 많이 먹었다던 할아버지의 여동생. 그런 여동생을 잃은 할아버지는 밥 잘 먹는 복길이를 보며 흐뭇하게 웃었다. 나는 할아버지에게 묻고 싶었다. 할아버지가 가고 싶은 곳이 저기 전원일기인지, 그렇다면 그곳에 가는 차편을 아는지.

나는 자연농원에 가는 차편을 몰라서 가지 못했다. 혼자서 오래 버스를 타는 게 무서워서, 버스를 잘못 탔다가 길을 잃을까 봐 가지 못했다. 할아버지도 버스를 혼자 오래 타는 게 무서워서 가지 못한 것일까. 귀밑에 붙이는 멀미약은 아무 효과가 없었던 것일까. 버스를 잘못 탔다가 영원히 돌아오지 못하는 게 두려웠던 것일까.

할아버지가 내게 말했다.

"네 애비한테 꼭 전원일기에 데려가라고 말해 놓으마."

튤립 축제가 한창인 6월이었다. 술 취한 아빠는 '잊혀진 계절'을 부르며 들어와서 할아버지가 '애비야'라고 부르는 소리도 듣지 못한 채 잠이 들었다.

"애비야, 느그 딸 전원일기에 데려가라."

잠꼬대처럼 할아버지가 말했다. 복길이처럼 밥을 잘 먹고 예뻐지면 아빠에게 단단히 다짐을 받아 놓겠노라고 괜한 약속을 했다. 나는 심은하처럼 양 볼에 움푹 파인 보조개를 꿈꿨고, 어차피 지켜지지도 않을 할아버지의 약속 따위는 기대도 하지 않았다. 센베 과자를 혀 밑에 숨기고, 조각조각 찢은 손톱을 할머니 이불 속으로 슬쩍 밀어 넣으며 미니시리즈가 시작되기만을 기다렸다. 서울의 풍경이 있는 드라마, 도시인의 애환과 삶을 닮은 그 이야기에는 시장이 아니라 큰 백화점이, 돈가스가 아니라 함박 스테이크가, 우연이라도 보고 싶었던 멋지고 예쁜 연예인들이 있었다. 방송국 앞에 가면 볼 수 있을까. 최진실도 좋고 고소영도 좋은데, 심은하면 더 좋겠다. 그래도 복길이를 만나면 할아버지를 위해서 사인을 받아야지. 서울은 얼마나 먼 곳이냐, 얼마나 큰 곳이냐, 혼자서 가늠하다가 센베 과자를 두 개, 세 개도 먹어 치웠다. 할머니한테 혼나는 줄 알면서도 그 고소한 밤이 부서져서 녹는 소리가 귓전에 울리는 게 좋아서, 나는 멈출 줄 모르고 밤을 꺼내 먹었다.

지난밤에는 할아버지의 꿈을 꿨다. 꿈에 그가 나온 것은 오랜만의 일이었다. 할아버지는 한겨울에 흰색 메리아스와 파자마를 입고 내게 센베 과자를 내밀었다. 오래되고 뚱뚱한 티브이에서는 내가 좋아했던 드라마가 방영 중이었다. 심은하는 여전히 어리고 예뻤다. 나는 늙은 여자가 되어 할아버지가 주는 센베 과자를 받아먹다가, 그게 뭐 서러운 일이라고 목이 메었다. 버터가 많이 들어가서 부드러운 프랑스 과자와는 다르게, 달기만 하고 목 넘김이 퍽퍽한 과자였다. 할아버지는 묘한 표정을 지으며 이제 자연농원이 할 시간이니 그것을 틀어 보라고 했고, 나는 그에게 자연농원이 오래전에 끝났다고 말해 주었다.

할아버지는 별말 없이 고개를 끄덕이며 한동안 나를 바라보았다. 이렇게 나이 먹은 여자가 진짜 손녀가 맞는지 의심하는 눈초리로 눈가의 주름과 처진 볼살을 살피다가 조용히 이부자리에 누우며 물었다. '애비는 들어왔냐?' 나는 고개를 저었고, 그는 손톱깎이를 쥔 내 손을 서글픈 눈빛으로 바라보며 고개를 저었다. 부러진 손톱을 당장 자르고 싶은 마음에 초조하게 할아버지의 눈치를 살폈다. '애비는 잘 있습니다'라고 어디선가 아빠가 노래라도 불러 줬으면 좋으련만, 나의 옛날 집에는 아무도 없고 돌아가신 할아버지와 나만 남아 적적한 티브이 앞에서 오래전에 끝난 드라마를 기다렸다.

그가 준 센베 과자는 이제는 눅눅해져 고소한 맛이 사라졌고, 밤의 맛을 오래전에 잃은 나는 끝나 버린 드라마 전원일기를 떠올리며 자연농원을 생각했다.

지금도 튤립 축제를 하는가? '잊혀진 계절'을 부르며 봄에 물었다. 가보지 못한 가짜 네덜란드 풍경이 오랫동안 슬픔으로 남았노라고, 옆에 누운 이에게 말을 걸어 보았다. 대답은 듣지 못하고 새근새근 숨소리만으로 위안을 삼는 밤, 혓바닥이 쏩쓸해지는 커다란 알약 같은 밤을 삼키며 벽을 보고 돌아누웠다. 밤이 목에 걸려 내려가질 않았다. 나는 마른 침을 몇 번이고 삼켰다.

Rocky

"개가 짖었다."
나는 록키의 울음을 숨기고 말했다.
아무도 몰래 실컷 울 수 있게,
나는 록키의 울음을 숨겨 주었다.

록키

록키가 처음 우리 집에 온 날, 엄마는 고스톱을 칠 때 쓰던 녹색 담요를 개집 바닥에 깔아 주었다. 촉감이 수세미처럼 까끌까끌한 담요 밑에는 대가리가 구부러진 못 하나가 있었는데 록키는 앞발로 그곳을 툭툭 건드려 본 후, 새끼를 밴 암컷처럼 얌전히 배를 깔고 누웠다. 약간의 망설임과 조금의 두려움을 품은 눈빛으로 그는 허름한 제집을 군말 없이 받아들였다.

아빠가 록키의 목에 줄을 걸었다. 단단하고 무거운 목줄이 채워진 순간에 개는 긴 속눈썹을 파르르 떨었다. 아빠의 시커먼 손의 온기가 악의인지 선의인지 구별하지 못해 갈팡질팡하는 꼬리를 보았다. 나 역시 목줄을 거칠게 움켜쥔 그의 손, 그것의 속마음을 알지 못하여 어느 편에도 서지 못했다. 멀찌감치 떨어져 록키를 보았다. 록키가 쇠고랑 같은 목줄을 찼다. 두 번을 짖었고 한 번을 울었다.

"개가 울었다."

나는 개의 울음을 알렸다.

"개는 우는 게 아니라 짖는 거야."

엄마가 말했다.

어른들은 울음소리를 싫어했다. 사람이 울 건, 짐승이 울 건, 화를 내거나 모르는 척하며 울음을 멀리했다. 짖는다고 생각하게 두는 편이 나았다. 우는 줄 알면 구둣주걱을 들고 엉덩이를 때렸을 테니까. 내가 울면 엄마는 구둣주걱을 들었다. '집안 시끄럽게 하지 말고 제발 조용히 살자'라는 말에는 꾸짖음이 아니라 애걸복걸함이 담겨 있었다. 차라리 혼을 냈으면 좋았을 것을. 그랬다면 속 시원하게 울 수 있었을 텐데.

"개가 짖었다."

나는 록키의 울음을 숨기고 말했다. 아무도 몰래 실컷 울 수 있게, 나는 록키의 울음을 숨겨 주었다.

엄마가 록키의 울음을 알아채지 못한 것은 그것을 소리로 감지했기 때문이었다. 우는 이는 호흡으로 알아봐야 한다. 최선을 다해 숨을 깊게 끌어와 밑바닥에서 눈물을 만들어 내는 그 역류의 과정을 엄마는 눈치채지 못했다. 짖는소리만 넘치는 세상에서 살았던 탓이다. 엄마는 시끄러운게 무서워서 감각을 닫았다.

나는 록키가 울 때마다 빨랫줄에 걸린 할머니의 빤스라도 훔쳐 눈물을 닦아 주고 싶었지만, 빨랫방망이로 맞는 것이 무서워서 깨끗하게 빤 하얀 천 쪼가리 대신 마른 잎 한 장을 넣어 주었다. 아무 쓸모 없는 것을 받은 록키는 앞발로 그것을 으스러뜨리며 놀았다. 저물어 떨어진 계절을 받은 록키는 한동안 밤새 짖지도 울지도 아니했다. 바스락바스락, 록키의 발밑에서 애꿎은 계절만 무너졌다.

록키의 목줄은 수돗가 귀퉁이, 단단한 철 기둥에 묶여 있었다. 등나무가 몸을 꼰 철 기둥에는 쥐꼬리 같은 나무줄기만 겨우 남았다. 저기서 5월이면 그리운 냄새가 주렁주렁 열렸다는 것을 아무리 설명해도 개가 알 리가 없지. 록키는 철 기둥을 빙그르르 돌면서 똥도 싸고 오줌도 쌌다. 굵은 똥을 삽으로 한 바가지 퍼 올리던 엄마는 독한 냄새에도 인상 한 번 찌푸리지 않았다. 5월의 그리운 냄새는 사라지고 똥냄새만 그득한 그곳을 록키는 종일 뱅뱅 돌았다. 한 바퀴, 두 바퀴, 돌다가 줄이 엉키면 다시 반대로, 다시 두 바퀴, 세 바퀴, 어쩌다가 줄이 걷잡을 수 없이 꼬여서 꼼짝달싹하지 못하게 되면 그는 불쌍한 눈으로 나를 불렀다. '으이구, 똥냄새, 너는 무슨 똥을 이렇게 많이 싸냐?'라는 타박에도 착하게 눈을 깜빡이다가 무릎에 얼굴을 가만히 가져다 댔다. 록키는 후각으로, 나는 촉감으로 서로를 알아봤다. 록키의 부숭부숭한 털이 손바닥을 부드럽게 간지럽혔다. 가만히 쓰다듬으면 잠이 오는, 등에 올라타면 까무룩 졸음이 쏟아지는 촉감이었다. 손바닥이 록키를 기억했다. 세 개의 굵은 손금 사이, 록키의 보드라운 털이 새겨졌다. 수없이 갈라지는 잔손금 사이에는 록키의 털 밑, 진짜 가죽의 온도가 남아 있었다.

록키는 무릎에 얼굴을 부볐고, 몇 주가 지나자 허벅지에 고개를 묻었다. 하루가 가면 록키가 자랐다. 나는 더디고 록키는 빨랐다.

손바닥만 한 시멘트 바닥, 그곳이 록키와 나의 놀이터였다. 수도꼭지에서는 찬물이 졸졸 흘렀고, 붉은 고무 대야에는 빨랫감이 한가득이었다. 엄마는 한겨울에 젖은 빨래를 허옇게 튼 맨손으로 빨았다. 어른의 슬리퍼를 신고 나와 오리걸음을 걷던 나는 대야에 몽실몽실 올라온 세제 거품을 손가락으로 찍어 맛을 보았다. 혀끝이 아리게 찼다. 다시 손바닥으로 한 움큼 잡아 록키에게도 내밀었다. 녀석은 입을 꼭 다물고 코끝을 간지럽히는 그것에 도리질을 쳤다.

"자, 여기 맛있는 거다."

록키가 영 속지 않았다. '영리한 개라더니, 틀린 말은 아닌가 보다'라고 중얼거리며, 아무리 혀를 대봐도 정체를 알 수 없는 거품 맛에 고개를 갸우뚱거렸다. 그러니까 이것은 하얀 맛도 아니고 분홍 맛도 아니고 파란 맛은 더더욱 아닌데, 그렇다면 이것은 무지개 맛이다. 거품이 바람결에 훅

날아가면 무지개 같은 빛깔이 공중에 떴다 사라졌다. 아무
도 모르게 나만 아는 마법처럼 등장했다가 서글픈 크리스
마스처럼 사라졌다. 록키는 무지개를 보았을까. 이따금씩
그것이 사라진 허공을 향해 록키가 짖었다. 울지 않고 꼭
짖기만 했다.

　록키는 된장국을 먹었다. 누군가 한입 야무지게 베어
먹고 버린 무 꼭대기와 눈알이 빠진 생선 대가리가 들어 있
는 된장국이었다. 스테인리스 밥그릇에 넉넉하게 담아 주
면, 그는 개집에서 느릿느릿 기어 나와 긴 혓바닥을 빼고
된장국을 핥았다. 손가락 끝, 발가락 끝이 아프도록 시린
찬 겨울, 스테인리스 그릇에서 올라왔던 하얀 김과 엄마의
붉은 손 그리고 록키의 느린 몸짓을 기억한다. 나는 이빨
사이에 고춧가루 하나 끼지 않고 무김치를 베어 먹는 것이
신기하여 고개가 휘어질 때까지 록키의 입안을 들여다보
았다. 긴 혓바닥이 순식간에 밥그릇을 휘감으면 된장 국물
이 보드라운 털에 잔뜩 묻었다. 눈알이 빠진 생선 대가리는
코끝으로 두어 번 건드려 보다가 어느 날은 먹고 어느 날은
뱉어 버렸다. 록키도 그것이 보기 흉해 먹기 싫은 날이 있
었으리라 생각한다.
　그러고 보니 록키의 주식은 된장국이었다. 우리 집의
주메뉴가 된장국이었던 탓도 있었겠지만 된장을 많이 먹
이면 개가 사나워진다는 아빠의 지론 때문이기도 했다. 그

무렵 아빠의 사업이 번창하여 어설프게 부자 흉내를 내며 살았던 우리 집에 가끔 도둑이 들었다. 록키가 사납게 도둑의 종아리를 물어뜯었으면 하는 마음으로 아빠는 록키의 밥그릇에 진한 된장을 풀었다.

"할머니를 봐라. 매일같이 된장을 먹고 살아서 저리 사나운 거다."

아빠가 말했다. 기가 막히게 적절한 예시에 귀가 솔깃해지는 주장이었다. 그러고 보니 된장의 생김새도, 고약한 냄새도 사나운 구석이 있는 것 같았다. 나는 록키가 된장을 먹고 사나워지는 것이 싫어서 엄마 아빠 몰래 몇 번이나 밥그릇을 엎었다. 록키는 홀딱 뒤집어진 밥그릇을 보고 '끙' 하는 소리를 내며 바닥에 떨어진 것을 핥았고, 나는 그의 엉덩이를 밀치고 대야에 담긴 세제 물을 한 바가지 부었다. 된장 위에 무지개 거품이 떴다가 생선 가시에 찔려 사라졌다.

"할머니처럼 사나워지면 큰일 난다."

나는 록키에게 당부하며 몰래 훔쳐 온 볶은 은행을 담요 속에 던져 주었다. 스테인리스 밥그릇에 담아 줬다가 할머니에게 들킬까 무서워, 녹색 담요 밑에 진주알 같은 노란 은행을 넣어 두었다. 된장이나 은행이나 냄새가 고약한 것은 매한가지. 후각이 예민한 동물이라던데, 그는 커다란 혓바닥으로 은행을 훑어 먹었다.

할머니가 은행이 죄다 사라졌다고 죄 없는 엄마를 잡을

때는 된장국에 세제 한 스푼을 풀어 넣고 싶었다. 손가락 사이에서 고린내가 올라오는 것을 모르는 척 시치미를 떼고 기운 왕성한 노인의 등을 노려보았다. 귀한 은행을 스무 알이나 먹였으니 록키는 오래오래 살 것이다, 콧노래를 부르며 할머니 몰래 손바닥의 냄새를 맡았다. 오래전에 늙어버린 가을에서 썩은 냄새가 났다.

"우리 집은 왜 맨날 된장국만 먹어?"

아침마다 펄펄 끓는 된장을 보며 엄마에게 물었다. 시금치, 냉이, 감자, 호박, 종류도 다양하게 바뀌는 된장국에서는 이러나저러나 늘 같은 맛이 났다.

"된장이 있어야 개운한 거여."

엄마 대신 할머니가 대답했다.

"된장 많이 먹으면 사나워진대요."

"자고로 계집이고 머시마고 사납게 살아야 어디 가서 억울한 일 안 당하고 사는 거다."

할머니가 말했다.

록키가 억울한 일을 당할 게 뭐가 있담, 이 집에서 사는 것이 억울한 거지. 나는 차마 다하지 못한 말을 삼키고 된장국을 먹었다. 그러고 보니 버르장머리 없는 사나운 계집애 소리를 들으며 할머니에게 빨랫방망이로 얻어맞았던 것도 그 무렵이 아니었던가. 된장을 조금 적게 먹을 것을 그랬다. 그랬다면 온순한 여자아이로 자라 방긋방긋 웃으며 살았을 텐데. 그러니 이 모든 게 고약했던 된장 탓이다. '쐐' 하게 코를 톡 쏘는 그 꼬릿꼬릿한 맛에 길들어 어느 날부터인가 나도 모르게 누런 이를 드러내고 싸웠다. 혼자 눈을 뜬 긴 밤, 주먹을 불끈 쥐고 지나간 하루를 사납게 팼다. 아무도 보는 사람이 없으니 마음 놓고 바닥까지 내려가자 결심하고 낮 동안 수치스러웠던 나의 모든 얼굴을, 나의 말을 때렸다. 뺨 싸대기를 날려도 금세 무거운 눈꺼풀이 내려앉는 날에는 나의 수면 욕구와 포악질을 동시에 혐오했다. 자라는 내내 된장국을 먹은 것을 후회했다. 밥까지 말아 먹고 말았으니 내 말에, 눈빛에, 심장에 된장의 고약함이 구석구석 박혀 버린 것은 당연한 일이었다.

그래도 록키는 달랐다. 아무리 된장을 먹여도 좀처럼 사나워지질 않았다. 송곳니를 드러내고 으르렁거리는 대신에, 공격적으로 꼬리를 세우고 달려드는 대신에, 귀퉁이에서 목줄을 배배 꼬면서 늑대처럼 울었다.

언제부턴가 록키가 자주 울었다. 밤의 그림자와 록키의 그림자가 합방하는 날, 밤손님이 지붕을 타고 내려와 창문을 기웃거리는 동안에도 록키는 짖지 않고 울기만 했다.

"그러다가 도둑이라도 들면 큰 미움 사려고 저런다. 록키야, 짖어라, 짖어. 잘 짖어야 천하의 쓸모없는 개새끼라고 욕은 안 먹고 살지."

엄마가 록키를 어르고 달래도, 목소리를 잃어버린 인어

공주처럼 록키는 끙끙 앓는 소리만 내다가 밤만 되면 목을 길게 빼고 허공을 향해 울었다.

아빠가 코를 골고 엄마가 이불을 뒤집어쓴 밤, 잠꼬대로 예수에게 싹싹 비는 할머니의 등짝을 지긋이 바라보던 할아버지가 말했다.

"저것이 외로워서 저러는 것이다."

"록키야, 외로워서 우니?"

창을 열고 어둠에게 물음을 전했다. 커다란 거미의 입에서 뽑혀 나온 밤의 자락들이 이쪽의 말을 저쪽 끝까지 전했는지 알 수 없어 애가 탔다. 록키는 울었다 멈췄다 다시 울기를 반복했다. 규칙이나 박자라는 것이 없는 음치 같은 울음소리에도 잠은 쏟아졌다. 저것이 된장이 싫어 저리 우는 것이라고, 내일은 몰래 곶감이라도 훔쳐 주겠노라고 다짐했다. 은행의 고린내가 채 가시지 않았음을 까맣게 잊고, 곶감의 하얀 가루를 지문마다 묻힐 계획에 신이 나서 서둘러 눈을 감았다. 빨리 자야 빨리 아침이 오지. 매일 자라는 록키가 좋아서, 그것이 매일 늙는 것인 줄도 모르고, 내가 재촉한 시간에 모두가 저무는 동안, 순진한 바보처럼 서둘러 아침을 불렀다. 그러니 어쩌면 나의 잘못인지도 모르겠다. 참을성 없이 발을 구르며 불렀던 모든 날들이 나 때문에 쏜살같이 흘러가 버렸다.

록키가 가고 빈 스테인리스 밥그릇만 마당을 굴렀다. 록키가 죽은 것이 시간이 만든 병이라던데, 그러니까 몸 안에서 시간이 자라면 그런 덩어리가 생긴다더라. 너의 몸에서도 나의 몸에서도, 매일 조금씩 자라는 그게 어느 날 심장을 먹어 버린다더라. 나는 얼마나 천진한 얼굴로 '시간아, 더 빨리 자라 주렴'하고 기도했던가. 그러니 내가 록키를 죽인 공범인 게지. 조급증에 발을 굴러서, 이불을 발로 차며 빨리 자라게 해 달라고 발광을 해서, 그래서 록키가 죽은 것이다. 죽음이 자라는 것인지도 모르고. 개가, 사람이 자라는 것인 줄만 알고.

'네 아빠가 울더라'라고, 록키가 죽던 날 엄마가 말했다. 나는 그것이 아무래도 믿어지지 않았으나 그날 이후 록키의 이름을 단 한 번도 입에 올리지 않은 아빠를, 사나워지라며 된장국만 먹였던 아빠를 금세 용서했다. 록키가 죽은 어느 겨울밤은 빠르게 잊혔다. 가끔 술에 취해 텅 빈 개집을 발로 찼던 아빠에게만 오래 머문 기억이었는지도 모르겠다.

록키가 죽고 개 몇 마리를 더 키웠다. 어떤 개는 병들어 갔고, 어떤 개는 다른 집에 보내지기도 했다. 엄마는 새로운 개가 들어올 때마다 록키가 쓰던 스테인리스 밥그릇에 개 사료를 담아 주었다. 공장에서 몇 포대씩 사 오던 것이었는데 현관 앞에 쌓아 두어도 냄새가 나지 않았다. 냄새가 없는 그것을 먹고 자란 개들은 록키보다 잘 짖었고, 록키보다 사나웠다.

한 뼘씩 성급하게 자란 시간이 할아버지를 죽였다. 장례를 치르고 일주일이 지났을까. 한밤중에 술을 잔뜩 마시고 들어온 아빠가 방문을 걸어 잠그고 울었다. 그 울음소리가 너무나 커서, 사람의 울음소리인지 짐승의 울음소리인지 헷갈려서 방문 앞까지 갔다가 뒷걸음질을 쳤다. 아빠가 우는 동안 엄마는 푸석푸석한 얼굴로 냉장고를 뒤졌다. 잠이 깼으니 내일 먹을 반찬거리를 준비하겠다며 시금치를 꺼냈다. 싱싱한 푸른 잎 사이에 까만 흙덩어리가 몽실몽실 뭉쳐 있었고, 엄마는 그것을 찬물에 깨끗이 헹구었다. 다음 날, 우리는 시금치가 듬뿍 들어간 된장국을 먹었다.

아빠가 짐승처럼 운 날, 록키를 생각했다. 이유는 알 수 없으나 아빠의 울음과 록키의 울음, 빈 스테인리스 밥그릇이 손을 맞잡고 머릿속을 빙그르르 돌았다.

어젯밤에 나는 한바탕 눈물을 쏟았다. 울어야 할 이유가 많기도 했으나, 또 딱히 울어야만 할 이유도 아니었는데, 어찌 되었든 울었다. 뜬금없이 당첨된 경품처럼 울음이 날을 골라 찾아왔다. 눈이 퉁퉁 붓도록 소리 내어 울고 나니 속이 개운하였으나, 어쩐지 잠이 오지 않아 냉장고 문을 열었다. 시들어 가는 시금치에 흙이 덕지덕지 붙어 있었다. 나는 그것을 꺼내 미지근한 물에 설렁설렁 씻어 냈다. 시금치 잎이 축축 늘어졌다.

오늘 아침에는 된장국을 끓였다. 이 먼 땅에서는 아침부터 된장국을 먹는 사람이 나밖에 없으니 혼자 한 그릇을 비워야 했다. 입안에 까끌까끌한 모래가 돌아다녔다. 시금치에 숨은 모래였던가. 나는 그것을 아무도 모르게, 사납게 씹어 삼켰다.

요즘 들어 된장국이 좋아졌다. 된장이 들어가야 속이 개운하다. M에게 물었다. '된장이 들어가야 속이 편하다'는 말이 무슨 뜻인 줄 알아? 그가 알 리가 없다. 이렇게 고약한 냄새를 품은 그것이 개운한 맛을 내기까지 얼마나 많이 썩어 문드러져야 하는 것인지, 뽀얀 우유를 먹고 자란 그가 알 리가 없다.

'된장을 많이 먹으면 사나워진다'고 M에게 말해 주었다. 그는 피식 웃었다. 사실 나는 된장을 옅게 풀었다. 사나워지는 것이 무서워서 그랬다. 살짝 맛만 보아도 혀가 아렸다. 아니다. 혀가 아니라 목구멍 어디, 혹은 그보다 조금 더 아래가 찌릿한 것 같았다. 할머니가 간을 보셨다면 형편없다 했을 것이다. 이렇게 심심한 된장을 무슨 맛으로 먹느냐고 혼을 냈겠지. 나는 등이 더 굽어진 그 노인에게 조금 덜 사납게 살고 싶어서 그랬노라고 솔직하게 고백할 것이다.

오늘 나는 덜 사나운 된장을 끓였다. 사납지 못해서 아린 된장이었다.

Décalage horaire

나는 행복에 집착했다.
그것이 무엇인지 몰라 더 악착스러웠던 것 같다.
빵 냄새가 행복이라면
매일 먹지도 않을 빵을 10개도 넘게 살 수 있었고,
사랑이 행복이라면 부끄러워하지 않고
그것을 구걸할 수 있었다.
그것이 언젠가 그가 말했던,
'힘 있는 놈이 잘 사는 세상'에 저항할 수 있는
유일한 방법이었기 때문이다.
그리고 그것만이 '힘이 없어서 실패했다던' 그의 결론을
통째로 부정할 수 있는 기회였다.
나는 행복해지고 싶었다.

시차

아빠의 전화는 한국 시각으로 새벽 3시에서 4시 사이, 이곳 시각으로 저녁 8시에서 9시 사이에 걸려온다. 무료 통화, 카카오톡이다. 저녁의 안락한 정적을 깨는 지나치게 발랄한 통화음은 예고 없이 나의 공간을 휘젓고 들어온다. 식탁에 앉아 화면에 몇 글자를 적다가 체념을 하고 전화를 받는다. 아빠의 검은 얼굴과 도저히 어울리지 않은 그 가벼운 멜로디는 일주일에 한 번씩 꽤나 끈질기게 울린다.

'지금 몇 시냐?'
그것이 그의 첫 문장이다. 나는 15년째 이곳에 살고 있고, 아빠는 여전히 이곳의 시간을 모른다. 여름에는 7시간 차이, 겨울에는 8시간 차이. 숫자 계산이 빠른 그에게 그것이 그토록 어려운 덧셈, 뺄셈이었을까. 여행을 잘 다니지 않는 아빠에게, 평생 살아온 동네를 벗어나지 않는 그에게 밤낮이 다른 세상은 계산 밖인지도 모르겠다.

'안 자고 뭐 해?'

대답 대신 질문을 던진다. 대장암 수술 이후, 술을 끊고 5년째 수면장애를 겪고 있는 아빠에게 나는 늘 같은 것을 묻는다. 네모난 방 안에 흐르는 새벽의 시간, 그 무료함을 모를 리 없으면서, 아무것도 하고 있지 않다는 것을 잘 알면서 던지는 질책 같은 물음이다. 새벽 3시와 4시 사이, 그의 불면에 가슴이 답답해진다.

'가만히 그냥 누워 있다.'

아빠가 대답했다. 물어보지 말걸. 나는 '그냥 누워 있다'라는 대답이 싫다. '그냥'이 싫은 건지 '누워 있다'가 싫은 것인지 꼬집어 말할 수는 없지만, 그 두 단어의 조합만으로도 인상이 찌푸려진다. 어떻게 사람이 매번 그냥 누워 있기만 할까, 송장도 아니고. 그것이야말로 고문이 아닌가. 내가 멍한 얼굴로 누워 있는 그의 모습을 떠올릴 때면 M이 손가락을 이마에 갖다 댄다. 최근에 미간에 새겨진 川자를 발견했다. 아무리 펴 봐도 없어지지 않는다. 아빠를 닮았다. 그의 두툼한 미간, 그곳에 선명하게 川자가 그려져 있다.

아빠가 내게 전화를 걸기 시작한 것은 스마트폰이 생긴

이후부터였다. 자연스럽게 내가 전화하는 날보다 아빠가 먼저 전화를 거는 날이 더 많아졌다. 최근 몇 년 사이 일이 많아지면서 그나마 일주일에 한 번씩 하던 안부 전화도 못 할 때가 많다. 번역일도 늘었고, 꾸준히 글을 쓰면서부터는 더욱 짬을 내기가 어렵다. 하루는 빠르게 지나가고, 저녁이 되면 그저 쉬고 싶다는 생각뿐이다. 마음이 없는 것은 아닌데 여유가 없는 것인가. 사실 잘 모르겠다. 마음과 여유가 같은 말이 아니었던가. 책도 보고, 가끔은 술도 마시고, 사람도 만나고, 인터넷도 하면서 여유가 없다는 것은 말이 되지 않는다. 그러니까 모순이다. 거짓말이다

스마트폰을 사기 전까지 아빠가 먼저 내게 전화하는 일은 거의 없었다. 비싼 국제 전화 요금 때문이라고 했다. 그것보다 몇 배가 더 비싼 술값을 냈으면서 돈 때문이라고 말하는 것, 그것도 모순일 게다. 역시 거짓말이다.

유학 시절 동안 아빠의 전화를 기다리지 않았다. 계좌 번호는 알아도 전화번호는 몰랐을 것이라고 생각한다. 나 역시 다달이 들어오는 생활비는 기다렸어도 전화를 기대한 적은 없었다. 그때는 그것이 당연한 관계라고 여겼다. 그는 그런 사람이고, 나도 그런 사람이었으니까.

아빠의 사업이 어려워진 것은 대학에 들어갈 때 즈음이었다. 어느 날 밤, 엄마에게서 전화가 왔다. 엄마가 울먹

였다. 아빠에게서는 아무 연락을 받지 못했다. 다만 부도가
나기 직전에 6개월 치 생활비를 한꺼번에 받았다. 내 부모
는 빚을 졌고, 통장에는 생애 최초의 목돈이 들어왔다. 나
는 그의 마지막 것을 빼앗아 간 사람이 되었다. 그것을 돌
려보내지 못하고 쥐고 사는 대가로, 오랫동안 스스로를 경
멸했다.

내 부모는 할 수 있는 만큼 최선을 다했다. 지나고 보니,
나 역시 내가 할 수 있는 최선을 다했던 것 같다. 하루에 두
개씩 아르바이트를 할 때는 차라리 마음이 편했다. 다달이
만질 수 있는 그 적은 돈에는 죄책감을 느끼지 않아도 됐으
니까.

아빠의 실패를 원망할 자격이 있는 사람은 아무도 없
었다. 다만 내가 이해할 수 없었던 것은 실패를 받아들이는
그의 태도였다. 매일 술을 마시고, 원망하고, 분노했던 그
의 시간이 어디를 가도 뒤통수에 따라붙는 것만 같았다. 그
것이 내 삶에 우울한 기운으로 더해져, 나 역시 별수 없는
인생을 살까 봐 두려웠다. 돌이켜 보면 등줄기에 식은땀이
나는 시절이다. 새벽녘 호텔에 출근하던 길에 마주친 잿빛
얼굴의 노동자들과 한밤중 레스토랑 아르바이트를 마치고
돌아올 때 지하철에 고꾸라져 있던 취객들, 12호선에서 4
호선으로 갈아타는 몽파르나스 역의 환승 통로는 너무 길
어서 끝이 나지 않을 것만 같았다. 4호선에서 다시 5호선으

로 갈아타는 동역에서는 누군가 말을 걸까 봐 뒤도 안 돌아보고 달렸다.

그 시절, 아빠는 무엇을 했을까? 모두 각자 살아남기 위해 고군분투하던 시절에 아빠는 어떤 방법으로 자신을 학대하고 있었을까?

전화를 자주 하지는 않았다. 일 년에 한두 번, 명절 때 통화가 전부였다. 유쾌한 통화는 아니었다. '건강하세요', '복 많이 받으세요'라는 말조차 듣기 싫어했던 것 같다. '내 걱정 말고 너나 잘 살아'라는 말에는 화가 나기도 했지만 입을 다물고 있는 편을 택했다. 그리고 이어지는 잠시의 침묵, 그것이 어색했는지 그는 서둘러 전화를 끊으려 했다. 불편한 통화의 마지막은 늘 같은 말로 끝났다.

'밥 잘 먹어라. 빨리빨리 열심히 공부해라.'

난감한 말이었다. 공부를 어떻게 빨리빨리 열심히 하란 말인가. 아빠는 내가 꿈꿨던 미래가 무엇인지 알았을까. 아니면 그저 습관처럼 '빨리빨리, 열심히'라고 말했던 것인가. 요즘도 아빠는 통화가 끝날 때 즈음 말한다.

'밥 잘 먹어라. 열심히 해라.'

대학을 졸업한 지 한참 지났는데, 아마 일을 열심히 하란 말이겠지. 아니면 열심히 살라는 뜻인가. 어쩌면 목적어가 없는 것은 나의 삶이 그에게는 이해하기 힘든, 낯선 어떤 것이기 때문일지도 모르겠다. 그래도 다행인 것은 이제 그가 더 이상 '빨리빨리'라는 말은 하지 않는다는 것이다. 나이 든 딸에게 '빨리빨리 하라'고 말하는 것이, 빨리 늙으라고 시간을 재촉하는 것 같아 빼먹는 모양이다.

바쁜 날에 카카오톡이 울리면, 잠시 망설이다가 결국에는 벨소리를 이기지 못하고 전화를 받는다. 받지 않으면 몇 번이고 다시 울릴 것을 알고 있기 때문이다. 그것만큼은 내가 제일 잘 안다. 내가 그렇다. M이 전화를 받지 않으면 여러 번, 상대방의 사정과 의사를 무시하고 전화를 건다. 그것이 그를 피곤하게 만드는 일인 줄 알면서도 어쩔 수 없다. 내 전화를 받지 않는 것에 화가 나서가 아니다. 불안감이 밀려오기 때문이다. 그가 잘 있는지 확인만 하면 된다. 그저 '여보세요' 한 마디면 충분하다. 아빠도 그랬을 것이다. 내가 잘 있는지 확인만 하면 된다고, 몇 번이고 통화 버튼을 눌렀을 것이다. 그래서 전화를 받는다. 머리를 쥐어뜯으면서, 화면에 이상한 글자를 타이핑하며, 짜증이 섞인 목소리로 '여보세요.' 아빠가 묻는다, '바쁘냐?' 내가 대답한다, '응, 조금. 왜?' 아빠가 말한다, '아니다, 어서 열심히 해라.' 전화가 끊겼다. 20초, 내가 그에게 허용한 시간이 겨우 20초다. 서둘러 전화를 끊은 그는 불도 켜지 않은 방안에서 가만히 그냥 누워 있을 것이다. 내가 '가만히 그냥 누워 있는 것'을 싫어하는 줄 알면서도 달리 어쩌지 못하고. 오래 겪어온 낡고 헤진 그 밤을, 무거운 새벽을 어쩌지 못하고.

가만히, 그냥, 쭉 그랬듯이.

달리 어떻게 해야 할지 모르겠다. 아빠의 텅 빈 시간을
메워 줄 재주가 내게는 없다. 어떤 마음일까? 가만히 누워
서 컴컴한 천장을 바라볼 때, 지나간 일들을 생각했을까?
어떤 마음이었을까? 수술대에 누워 수술실의 눈부신 형광
등을 보다가 서서히 잠들었을 때, 무엇을 생각했을까? 어
땠을까? 평생 일궈온 모든 것이 한순간에 날아갔을 때, 돈
벌이에는 재주 없어 보이는 아내와 딸과 아들이 자신만을
바라보고 있다고 생각했을 때, 아빠는 도망치고 싶었을까?
어떤 생각이었을까? 한 해의 마지막 날, 술을 마시고 들어
와 다 식은 붕어빵을 던져 줬을 때, 잠이 덜 깬 엄마와 나와
동생이 짐승의 새끼처럼 붕어빵을 뜯어 먹는 것을 보면서
행복했을까?

아빠는 행복했을까?

그는 아니라고 대답할 것이다. 내가 아는 그는 그렇다.
너는 행복하냐고, 언젠가 그가 내게 묻는다면 자신 있게
'그렇다'고 대답할 수 있는 인생을 살고 싶었다. 나의 노력
은 오직 하나만을 위한 것이었다. 공부도, 돈도, 성공에도
관심 없었다. 오로지 행복해지는 것, 그것 하나.

나는 행복에 집착했다. 그것이 무엇인지 몰라 더 악착
스러웠던 것 같다. 빵 냄새가 행복이라면 매일 먹지도 않을
빵을 10개도 넘게 살 수 있었고, 사랑이 행복이라면 부끄러

워하지 않고 그것을 구걸할 수 있었다. 그것이 언젠가 그가 말했던 '힘 있는 놈이 잘 사는 세상'에 저항할 수 있는 유일한 방법이었기 때문이다. 그리고 그것만이 '힘이 없어서 실패했다던' 그의 결론을 통째로 부정할 수 있는 기회였다.

나는 행복해지고 싶었다.

그래서 행복한가?

그렇다고 대답할 것이다. 그렇지 않은 순간에도 나는 그렇다고 말할 것이다. 그의 딸인 나는 그렇다. 그러나 아빠는 내게 행복하냐는 질문 따위는 하지 않는다.

그는 묻는다.

'밥 먹었냐?'

시간, 밥, 때로는 날씨, 아빠가 안부를 묻는 방식, '여보세요'라는 목소리로 이미 모든 대답을 들은 사람이 지지부진하게 대화를 이끌어 가는 기술, 그의 보잘것없는 최선을 알아채고 싶지 않았다. 모르는 척하고 살면, 그는 영원히 늙지 않고 언제까지나 나라는 짐을 지고 걸을 수 있지 않을까. 나를 내려놓지 않고, 지친다는 생각도 없이 갈 수 있지 않을까.

모르는 척하고 싶은 것들이 말을 건다. 알고 싶지 않은 것들이 자꾸 진실을 전하려고 한다.

진실이, 진심이 무섭다. 모든 것을 다 알면, 곧장 결말로 이어질 것만 같다. 나는 그와 나 사이 오래도록 결말이 없기를 간절히 빌며 지지부진하게 이야기를 이어간다. 그것이 나의 보잘것없는 최선이다.

'밥 먹었어?'

아빠가 아니라 내가 물었다. 일주일 전, 오랜만에 내가 먼저 전화를 걸었다. 한국 시각으로는 저녁 9시, 무엇에 밥을 먹었는지, 날씨가 추운지 물었다. 딱히 할 말이 생각나질 않았다. '매일 뻔하지, 김치'라고 그가 대답했다. 날씨가 추워졌고, 전기장판 속에 누워 있다고도 했다. 오후에 산에 갔다 와서 찬물로 샤워를 했고, 보일러는 아까워서 틀지 않는다는 말에 벌컥 화를 냈다. 나는 그가 이제 노인이 되었음을 몇 번이고 상기시키기 위해 노력했다. 아빠는 가끔 자신이 아직도 건장한 중년이라고 생각하는 모양이다. 그러고 보니 2년 전 한국에 갔을 때, 그는 아픈 나를 주차장까지 업고 가겠다고 우겼다. 서른 중반에 가까운 딸이 육십이 훌쩍 넘은 아빠의 등에 업히는 꼴이 기가 찰까 무서워 싫다고 했고, 서로 고집을 피우다가 화를 냈다. 그의 등판이 이제는 반으로 줄어서 업히기 싫었던 것은 아니었다. 그가 모르는 나의 삶, 그 시간 동안 나는 수도 없이 혼자 일어나 병원에 갔고, 이제 와서 그의 등에 업힐 수는 없기 때문이었다.

나는 다시는 그의 등에 업힐 수 없다.

'이제 노인이 된 것을 받아들여라'라는 말은 지나치게 냉정했을까? 전화는 표정을 볼 수 없으니, 내가 그에게 어떤 상처를 주고 있는지 알 수 없다. 아니, 상처였을 것이다.

내가 그랬듯이 그도 역시 나로부터 꽤 많은 상처를 받았을 것이다. 부모와 자식 간에 주는 상처만큼 잔인한 것이 없다. 상대를 미워할 수 없기 때문이다.

내가 아빠에게 받은 가장 큰 상처는 그가 자기 자신에게 보냈던 저주와 책망이었다. 아빠가 습관처럼 내뱉던 말 속에는 자학과 자기 연민이 함께 살았고, 그것이 나를 힘들게 했다. 그의 말을 먹고 자란 내가, 어느 날 그와 똑같은 대사를 내뱉고 있을까 봐 두려웠다. 나 자신이 등장하게 될 드라마의 예고편일 것이라고 생각했기 때문이다. 그래서 나는 그에게 매번 행복하라고, 건강하게 잘 지내라고 부탁했다. 그것이 얼마나 염치없고 이기적인 부탁인지 잘 안다. 나는 그에게서 불행할 권리마저 빼앗고 싶었던 것이다. 그가 나를 위해서라면 모든 것을 다 할 수 있다기에, 무엇을 줘도 아깝지 않다기에, 그렇다면 불행하지 않을 수도 있지 않을까, 제발 나를 위해 행복하면 안 되겠냐고 말했다.

그것만은 어려운 모양이다. 그가 지키고 싶은 마지막 권리인지도 모르겠다.

그도 나에게 부탁이라는 것을 한다. 잘 살라고, 네가 잘 살면 그것이 자신을 위한 것이라고. 나는 잘 살고 있다. 짐작했겠지만 그를 위해서는 아니다. 나를 위해서, 나는 잘 살고 있다. 그럼에도 불구하고 그는 그거면 됐다고 한다. 화가 나는 말이다. 내가 잘 살면 그만인 건가? 앞으로 그가 살아야 할 인생이 얼마나 많이 남았는데. 이래저래 아빠와 통화를 하다 보면 울컥하는 일이 많아진다. 한밤중 식구들이 깰까 나지막하게 내리까는 힘없는 목소리도 그렇다. 그저 조심하는 것이 아니라 힘이 빠진 것이다. 목소리도 늙는다. 그의 목소리가 늙었다.

나는 이제 그에게 너무 일찍 늙지 말아 달라고 요구한다. 신의 영역인 그것을 그에게 해내라고, 나를 위해서, 그렇게 말하고 있다. 무슨 자격으로 매번 이렇게 부당한 요구를 하는 것일까. 아빠가 제발 행복했으면 좋겠다는 말은 아무래도 너무 이기적이다.

내가 그에게 어떤 상처를 줬는지 알 수 없다. 전화로는 그의 표정을, 그가 뜬 눈으로 보낸 밤을 모두 읽을 수 없다. 아빠와 나 사이, 이제는 서로에 대해 모르는 것이 너무 많아졌다. 아빠가 달라졌고, 내가 변했고, 우리들 사이에 너무 많은 시간이 흘렀기 때문이다.

아빠를 생각하면 반복적으로 떠오르는 말과 장면이 있다. 어느 날 방바닥에 그냥 누워 있던 아빠가 '죽어서도 이 동네를 떠돌고 있을 것 같다'고 말했다. 그는 시장을 낀 골목에서 평생을 살았다. 변변히 여행을 떠나본 적도 없다. 얼마 전, 롯데월드 같은 놀이공원에 가고 싶어 한다는 이야기를 듣고 깜짝 놀랐다. 그런 곳을 싫어했던 게 아니었던가. 그리 먼 거리도, 그리 고가의 여행도 아닐 텐데 왜 그곳에 가지 못하는 것일까. 모순이다. 생각해 보면 그의 삶에는 모순이 너무도 많다.

나는 그리스에 가고 싶다. 몇 년 전부터 그리스에 가자며 M을 귀찮게 했다. 여기서 그리 먼 거리도 아니고 마음만 먹으면 얼마든지 갈 수 있는 곳인데, 왜 지금까지 그리스에 가지 못하는 걸일까. 모순이다. 나의 삶도 어느새 모순이 많아지고 있다.

아빠에 대해 이런 모진 글을 쓰고 있는 이 순간, 십여 년 전 공항에서 나를 배웅하던 그의 모습을 떠올린다. 검색대를 통과하고 무심코 열고 닫히는 자동문을 향해 고개를 돌렸다. 거기 아빠가 있었다. 무릎을 굽히고 쭈그리고 앉아서, 붐비는 사람들 틈 속에서 내 발끝을 찾고 있었다. 그는 우스꽝스러운 표정으로 행여 내가 볼까 수없이 많은 발을 향해 손을 흔들었다. 그때 그의 모습을 생각하면 이상하게 엉엉 울고 싶다. 10년은 족히 지난 이야기인데, 50년이 흘러도 그날의 아빠는 울고 싶은 기억으로 남을 것 같다.

서러운 기억도 아닌데 이상하다. 그가 그렇게 늙은 것이, 내가 별것 없이 이렇게 나이를 먹은 것이, 조금 더 잘 살지 못한 내 탓인 것만 같다.

무엇을 잘못했을까? 내가 무엇을 잘못해서 그가 그렇게 늙었을까. 무엇을 실수해서 여전히 아무것도 아닌 걸까.

그가 살던 세상과 나의 세상이 다를 것이라는 믿음이
혹여 오만한 생각은 아니었는지 덜컥 불안해질 때가 있다.
그러나 이제 어쩔 수 없다. 나는 이미 한참 전에 내 것이 옳
다고 우길 수밖에 없는, 누군가의 등에 업힐 수 없는 어른
이 되었으니까. 지금부터는 불안을 숨겨야 한다. 똑바로 걸
어야 한다. 오래전에 아빠가 그러했듯이 많은 것들을 숨기
고, 잠이 오지 않는 새벽에는 누군가에게 전화를 걸어 시간
을 물을 것이다. 지금 우리는 몇 시를 사는지, 너와 내가 같
은 시간에 살고 있는지, 애처롭게 확인하려 들 것이다.

조금 전에 아빠에게서 전화가 왔다. 지금 몇 시인지, 밥
은 먹었는지, 날씨는 추운지, 그가 할 수 있는 모든 질문들
이 차례로 쏟아졌다. 그는 반쯤 잠이 덜 깬 목소리로 말했
다.

'밥 먹어라. 열심히 해라.'

나는 그렇게 하겠노라고 대답했다. 저녁을 이미 먹었지
만 밥을 먹겠노라고, 무엇을 열심히 해야 할지 모르겠지만
열심히 해보겠다고 그에게 약속했다.

전화를 끊었다.

밤 9시였다.

Une nuit à Hérisson

그런 것일까?
단 한 번이라도 반짝이는 기억이 있다면,
그것을 안고 살아갈 수 있다면,
그것 역시 행운이라고 부를 수 있을까.

에리송의 밤

눈보라가 치는 에리송(Herrisson)과 바짝 얼은 강이 하얗게 빛났다. 지독한 겨울 날씨였다. 공연을 보고 나왔을 때는 해가 뉘엿뉘엿 지기 시작했고, 얼은 강물 위를 개와 함께 걷는 영국인들이 눈에 띄었다.

극장에서 일하는 프레디가 에리송에 들어오는 다리가 차단되었음을 알렸다. 폭설이라고 했다. 차 한 대가 겨우 지나갈 만한 위태로운 그 다리를 떠올리자면, 눈 때문에 며칠씩 출입을 막는다고 해도 이상할 게 없었다. 외지고 한적한 곳이다. 빵집 하나, 구멍가게 하나, 우체국 하나, 술집 하나, 저 멀리 폐허가 된 고성 하나가 쓸쓸히 마을을 지켰다. 처음에는 그런 곳에 연극 공연장이 있다는 것이 신기했지만 오베르뉴에서 살면서 의외로 작고 한적한 마을에 모여 사는 예술인들이 많다는 것을 알게 됐다. 그도 그럴 것이

도시의 집값은 불안정한 직업을 가진 이들이 감당할 만한 것이 아닐 테니까. 에리송도 그런 곳이다. 큐브라는 극장을 중심으로 도시를 떠난 예술가들이 모여 살고 있다.

큐브는 이름처럼 네모난 상자 모양의 건물로, 찬 잎을 뜯어 먹는 소 떼와 염소 떼들을 끌어 안은 극장이다. 들판 위에 우뚝 선 큐브의 널찍한 앞마당에는 파란색 트레일러 버스 한 대가 주차되어 있는데 길을 떠난 지 오래된 고장 난 버스로, 극장에서 업무를 보는 프레디의 사무실이다. 사실 그 안에서 그가 무엇을 하는지 아는 사람은 아무도 없다. 작은 난로와 커피 머신, 잡다한 서류가 쌓여 있긴 하지만 아무리 생각해 봐도 그가 가만히 앉아서 서류를 들여다보는 모습은 상상이 되질 않는다.

프레디는 목동처럼 큐브를 지켰다. 초여름 공기가 싱그러운 6월에는 밀짚모자를 쓰고 잡초를 뽑았고, 코끝이 쨍한 12월에는 귀를 덮는 털모자를 쓰고 눈을 쓸었다. 찾아오는 관객들 주차 요원 역할부터 조명을 설치하고 무대를 정리하고 소시지를 굽는 일까지, 큐브의 구석구석 프레디의 손길이 닿지 않은 곳이 없다.

큐브를 찾는 이들은 아티스트부터 평범한 관객까지 다양하다. 유럽에서 인정받는 유명한 극단들도 있고, 평생 연극의 관객으로만 살아온 사람도 있고, 퇴직한 배우와 연출가들, 이제 막 연극에 관심을 갖기 시작한 새내기들도 있다. 작은 골방에서 재봉틀을 돌리며 의상을 만드는 사람들, 사람만 한 마리오네트를 제작하는 이들, 그리고 스마트폰이 아닌, 프레디의 뒤꽁무니를 쫓아다니는 어린아이들까지, 큐브는 명절을 맞은 큰집처럼 언제나 북적거렸다.

작년 겨울, M과 나는 2주 동안 큐브에 머물며 연극을 준비했었다. 워낙 작은 마을공동체이다 보니 그것이 인연이 되었고, 그 후로 다른 극단의 공연이 있을 때마다 종종 들르게 되었다. 차로 한 시간 반, 가까운 거리는 아니지만 그곳에 가는 날은 먼 친척 집을 방문하는 휴일처럼 느껴졌다.

M은 유독 에리송을 좋아했다. 경쟁이 힘든 그에게 공동체의 삶은 유토피아였을 것이다. 입버릇처럼 에리송에서 살고 싶다고 말하는 그에게 아무런 대답도 하지 못하는 것은, 에리송을 좋아하지만 삶의 터전을 만드는 것은 다른 문제이기 때문이다. 솔직히 말하자면 나는 공동체의 일원이 될 자신이 없다. 도시의 익명성은 내게 너무 익숙한 방패다. 언제, 어디에서 받은 상처가 이렇게 웅크린 자세를 만들었는지 기억도 나지 않지만 나는 움츠린 어깨에 어울리는, 얕은 인연들이 가볍게 스쳐 지나가는 도시에서 또 다른 안락감을 느낀다. 지금의 삶이 행복해서가 아니라, 어쩌면 사람들 속으로 한 발자국 더 들어가는 것이 두려운 것인지도 모르겠다. 나를 모르는 이들 사이에 적당히 숨어 사는

것, 깊은 관계를 만들지 않는 것, 그것이 미숙하고 겁이 많은 사람이 자신을 지키는 방식이 아닐까.

에리송의 여름과 겨울의 풍경은 확실히 달랐다. 공연이 끝난 후 소시지를 굽고 맥주를 마시는 여름이 축제 같은 분위기라면, 일찍 어두워지는 겨울은 경건했다. 조용히 안부를 전하는 목소리조차 땅을 향해 수그러든다. 별일 없이 한 해를 보냈음을 위안으로 삼는 자족의 소리, 그만하면 됐다, 그것으로 만족하자고 토닥이는 눈빛들. 땅거미 지는 밤, 따뜻한 수프를 한 그릇 먹고 깊은 잠을 잘 수 있을 것 같은 겨울이다. 오래, 따뜻하게 누워 있기만 해도 좋을 에리송의 겨울에 마음이 흔들렸다.

아름다운 풍경, 좋은 사람들, 그것만으로 채워지는 인생이 가능한 것일까? 꼭꼭 숨어서 그렇게 지키고자 하는 나는 도대체 무엇일까? 눈보라 속으로 뛰어드는 아이들을 잡으러 다니는 프레디를 보며 나 역시 저 귀여운 소동 속에 뛰어들고 싶어졌다. 누군가 잡아주지 않을까. 어깨가 굽은 나를, 누군가 다가오면 뒷걸음질 치는 나를, 단번에 손목을 휘감고 따뜻한 곳까지 데려다주는 듬직한 사람들이 있지 않을까 하는 기대감에. 그러나 망상임을 잘 알고 있다. 키가 다 자란 어른을 덮어 버릴 만큼의 눈은 쉽게 오지 않는다. 그러니 함부로 도움을 요청해서도 안 될 일이다. 나는 눈보라를 헤치고, 스스로 걸어가야 할 방향을 찾아야 한다.

공연을 보러 올 때마다 마주치는 사람들과 눈인사를 나눴다. 이름도 직업도 모르는 사람들끼리 어느새 반가운 사이가 되어 버렸다. 어둑해진 초원에 서서 하얀 입김을 뿜는 얼굴들이 오래 만난 친구처럼 정답다.

폭설로 인해 다리가 차단되었지만 크게 동요하는 사람은 없었다. 겨울이면 한두 번쯤 으레 겪는 일이라고 했다. 모두 어디든 돌아갈 곳 하나 정도는 있는 모양이었다. 수없이 반짝이는 불빛 속에 내 것이라고는 하나 없는 도시와는 다른 것일까. 어쩌면 이것 또한 시골 생활에 대한 판타지인지도 모르겠다. 사람 사는 곳 어디나 다 비슷하다는 것을 잘 알면서도 괜한 희망을 에리송에 걸어 보고 싶다. 돌아갈 곳 하나 정도는 있는 곳, 오래 따뜻한 잠을 잘 수 있는 곳, 그러니 나의 웅크린 현실과는 한 발자국 떨어진 곳에 있는 편이 나을 것이다. 에리송을 좋아하기에 에리송에서 살 수는 없을 것 같다.

거친 눈보라를 보면서 M과 나는 올리비에게 전화를 걸었다. 그의 집에서 신세를 질 생각이었다. 그가 흔쾌히 받아 줄 것을 잘 알고 있었으니까. 이 작은 마을에 안식처가 하나쯤 있다는 사실에 얼은 몸이 녹았다.

에리송에는 큐브가 있고, 올리비에가 있다. 그는 전직 영화배우이자 연극배우이고, 은퇴를 한 후 위스키 공장을 운영하는 70세의 노인이다. 말이 위스키 공장이지 방앗간을 개조한 작은 제조소로 올리비에와 그의 사촌, 지인 몇 명이 소규모로 운영하는 곳인데, 일 년 생산량이 한정되어 있어서 큰 이득을 보는 사업은 아닌 듯했다. 그저 자기들끼리 위스키가 좋아서 만든 것이 아닐까. 그러면 충분히 가능한 이야기다. 올리비에는 여전히 충동적이고 즉흥적이며, 소년의 얼굴을 간직하고 있다. 7살 소년이 나무칼을 차고 숲으로 돌진하듯 올리비에는 하고 싶은 일에 풀 한 포기도 벨 수 없는 나무칼 한 자루를 쥐고 용감하게 달려든다.

초콜릿 케이크를 앞에 둔 아이처럼 세상을 향해 들뜬 표정을 짓는 그의 얼굴을 보는 것이 좋았다. '하고 싶으면 그냥 하면 된다'라고 말하는 70세 소년의 말에 늘 동의할 수는 없지만, 좋은 사람과 그가 살아온 괜찮은 삶을 구경하는 것만으로도 위안이 됐다.

"성냥을 쌓듯이 살면 되는 거야. 무너지면 어차피 성냥개비인데 뭐, 그렇게 생각해 버려. 다시 쌓으면 되잖아. 재미있게, 천천히, 다 쌓아 봐야 성냥인데 또 못 쌓으면 어때?"

올리비에의 말이다. 누구를 만나든 올리비에의 성냥개비 지론은 빠지지 않는다. 올 때마다 잔소리처럼 듣는 그의 성냥개비 이야기에, 쌓아 올린 성냥개비가 무너진 것 같은 날에는 올리비에를 생각했다. 발갛게 상기된 두 볼에 미소가 가득한 그에게 하소연하고 싶어진다. 성냥개비가 무너진 순간 가슴이 철렁했다고, 그까짓 성냥개비 쌓는 일이 왜 이렇게 어려운 것이냐고.

공연 연습이 뜻대로 되지 않았던 날, 풀이 죽은 M에게 올리비에가 성냥갑 하나를 쥐여 주었다. 아주 잘 쌓아지는 마법 같은 성냥개비가 들어 있다던 성냥갑에는 '행운'이라는 이름의, 오래전에 문을 닫은 식당의 주소와 전화번호가 적혀 있었다. 나도 그의 성냥개비를 받고 싶다. 겨우내, 유용하게 아껴 쓸 수 있을 것 같은데.

작년 겨울, 큐브에서 공연 준비를 하는 동안 올리비에의 집에 머물렀다. 앞에는 강과 공원, 뒤로는 초등학교가 있고 삐걱거리는 소리가 정겨운 오래된 목조 건물이었다. 눈이 와서 그곳에 다시 머물 수 있다는 사실에 설레었다.

올리비에의 집은 올리비에를 닮았다. 혼자 우뚝 섰으나 외롭지 않다. 창을 활짝 열면 뛰어노는 아이들과 손바닥을 마주칠 수 있고, 바람이 불면 덜컹거리는 창문 소리에 맞춰 이름 모를 새들이 울었다. 욕실에서 샤워를 할 때면 창문 틈으로 알몸을 훔쳐보는 소들이 있고, 그 집을 둘러싼 모든 것들은 부지런하나 분주하지 않다. 열심히 즐거운 올리비에처럼, 주인을 닮은 그의 집은 부지런히 사람들을 맞이한다.

꼭 일 년 만에 다시 찾은 올리비에 집에 도착했을 때,

성급한 밤은 기다릴 줄 모르고 우리의 어깨를 순식간에 휘감았다. 해는 완전히 지고, 저녁 비행을 마친 새들이 구슬픈 울음을 울다가 어디론가 숨어 버렸고, 꼬마 녀석들이 떠난 운동장에 묵직한 어둠이 켜켜이 쌓였다. 허술한 창문 사이로 거친 바람이 휘파람 소리를 내며 새어 들어왔고, 마을에는 이미 진중한 고요가 산을 넘어 찾아왔다.

우리에게 선뜻 별장의 열쇠를 내준 올리비에는 우드펠릿 한 자루와 위스키 한 병을 가지고 왔다. 그가 가져온 우드펠릿은 딱 하룻밤을 보낼 만큼의 연료였는데, 자루 가득 넘실넘실 담겨 있는 그것을 보며 이유를 알 수 없는 안도감을 느꼈다. 오늘 밤만큼은 무슨 일이 있어도 따뜻하게 보낼 수 있다는 든든함과 하룻밤이라는 유한함 속에서 오는 아이러니한 안정감, 그 이해할 수 없는 안락에 오래 굳어 있던 몸이 녹았다. 잔뜩 힘을 주고 있던 삶에게 주는 짧은 휴식이었다. 모두 올리비에 덕분이었다. 올리비에가 있어서 다행이다.

올리비에, 그가 얼마나 귀여운 사람인지 설명하자면 그의 미소부터 시작해야 하지 않을까. 세월에 닳아 뭉뚝해진 치아를 드러내는 그의 평온한 미소는 맹추위에도 흔들리지 않았다. 귀를 가린 털모자는 체구가 작은 그를 다람쥐처럼 보이게 만들었고, 보풀이 일어난 낡은 스웨터와 그 위에 껴입은 조끼는 언제부터 얼마나 오랫동안 입었던 것인지 모르겠지만 겨우내 올리비에와 한 몸이 되어 가는 듯했다. 게다가 우드펠릿 자루를 쥐고 씩씩하게 공원을 가로지르는 모습은 기운 넘치는 설치류 한 마리 같다고 해야 할까.

그가 느린 말투로 들려주는 이야기는 착한 동화처럼 재미있다. 톱스타와 촬영했던 이야기, 유명한 감독과 싸운 일, 어릴 적 잠자기 전에 들었던 이야기들처럼 몇 번을 들어도 질리지 않는다. 유명한 사람들의 이야기여서가 아니라, 그의 말에 담긴 그의 눈빛 때문이었다. 나는 잠시 그와 같은 시각으로 그가 만난 세상을 엿볼 수 있었고, 우드펠릿만큼 따뜻한 그것을 한 자루 가득 담아 집으로 가져가려는 욕심을 부리고 싶었다. 올리비에의 볼이 붉어졌다. 붉게 타오르는 난로의 화기 때문이 아닌 살며시 붉어지는 감정의 색이었다. 그가 겪었던 그의 표정과 감정이 생생하게 돌아와, 말이 쏟아지는 이곳이 곧 무대가 되었다. 그 밤의 주인공은 프레디였다. 극장에서 일하는 프레디 말이다. 큐브의 목동인 그가, 공연이 끝나면 무대 뒤에서 말없이 전선 케이블을 정돈하던 그가 한때는 펑크 가수였다는 이야기를 들려주며 프레디를 흉내 내는 올리비에에게서 펑크에 열광하는 16살 소년을 보았다. 영국까지 가서 사 온 비비안 웨스트우드 옷을 입고, 무대에서 펑크를 부르며 폴짝폴짝 뛰었다던 프레디는 도무지 상상할 수 없지만 금세 프레디가 되고 마는 올리비에의 연기력만큼은 인정할 수밖에 없었다.

알코올 중독증을 치료하면서 체중이 20kg이 불어 버린 펑크 요정의 요즘 최대의 고민은 다이어트라고 한다. 술과 마약을 끊으면 살이 찐다던데. 그의 늘어진 뱃살은 서글프나, 한때 무대 위를 날아다녔던 그를 생각하면 마냥 울상을 지을 수만은 없을 것 같았다. 무대를 잘 아는 M은 프레디의 은퇴 아닌 은퇴가 마음에 걸렸던 듯했다. 그가 프레디의 이야기에 어쩐지 마음이 쓰인다고 말하자 올리비에는 단호하게 고개를 저으며 말했다. 프레디는 그때도, 지금도, 그의 시간을 아낌없이 살고 있는 것이라고.

그런 것일까? 단 한 번이라도 반짝이는 기억이 있다면, 그것을 안고 살아갈 수 있다면, 그것 역시 행운이라고 부를 수 있을까?

뚱뚱해진 펑크 요정 프레디가 머릿속을 뛰어다녔다.

반짝이는 기억, 그런 것이 내게 있었던가? 나는 지금 아낌없이 이 시간을 살고 있을까? 지금 이 순간이 언젠가 반짝이는 기억으로 남을 수 있을까?

올리비에는 위스키와 우드펠릿을 남겨 놓고 떠났다. 주방에는 저녁거리가 넘쳐났다. 이곳에 머물다 간 극단들이 남겨 놓은 음식들이었다. 댄서들이 놓고 간 유기농 식품들, 무설탕, 글루텐 프리 파스타, 영국 극단이 두고 간 통조림 콩, 작년에 우리가 두고 갔던 간장은 아직 한참 남았다. 아시아 음식은 인기가 없었던 모양이다.

M과 나는 전자레인지에 돌리기만 하면 완성인 렌즈콩 요리를 먹으면서 작년에 이곳에 왔을 때 렌즈콩 때문에 팀원들과 다투었던 일들을 생각하며 웃었다. 서른이 넘은 남자들이, 덜 자란 애들처럼 렌즈콩이 먹기 싫다고 토마토 파스타가 먹기 싫다고 제법 진지하게 싸웠다. 설거지를 미루다가 다투고, 누군가 요구르트를 먹어 버렸다고 화를 내는 사람도 있었다. 지옥 같은 일주일이었는데, 지나고 나니 서운하다. 그새 또 과거가 됐다.

지금 목을 매는 모든 일들이 어느 날 아무것도 아닌 것이 되어 버릴지도 모르겠다. 그러니 지금의 나는 렌즈콩처럼 하찮은 이유로 열심히 삶과 다투고 있는 것은 아닌지.

프레디는 펑크가 삶의 전부가 아니라는 것을 언제 알게 되었을까? 어느 날 살찐 몸을 걱정하고, 술을 끊은 대신 허브티를 마시며 잠드는 날이 올 거라는 것을 한 번이라도 생각했을까?

프레디를 향한 질문들은 삼키고 애꿎은 M에게 물었다.

"연극이 여전히 좋아?"

그는 잘 모르겠다고 대답했다. 그리고 이제는 다른 것을 할 수 없을 것이라고 말했다. 나는 그에게 어쩌면 60살 즈음에 찾아올지 모를 후회에 대해 이야기했다. 안정된 삶을 살지 않은 것, 일찍 아이를 낳고 그 아이가 자라는 모습을 보고 다정한 부모로 살지 않은 것, 일정한 틀에 들어가지 않은 것, 원하는 것을 하며 살겠다는 너무 큰 꿈을 꾼 것.

M은 고개를 끄덕이며 말했다.

"이제 어쩌겠어. 살던 대로 살아야지."

어느 쪽이든 후회는 있을 것이라는 그의 말에 수긍하며 렌즈콩을 바닥까지 긁어먹었다. 이래저래 후회가 많은 것은 천성이라고 해 두자. 자기개발서에 등장하는 이상적인 인간과 거리가 먼 사람이기 때문인가. 여하튼 나는 이렇게 살았고, 살던 대로 살 것이다.

다만 M이 있어서 다행이다. 후회를 나눌 한 사람이 있어서. 꽤 많은 후회의 추억을 공유할 사람이 있다는 것이 큰 위안이 된다. 그가 내게 완전함을 기대하지 않아서, 여전히 복잡한 나를 다그치지 않아서, 그것만으로도 그와 사는 것이 좋다. 후회하지 않을 일 하나, 우리가 둘이 된 것, 그것 하나만은 다행이다.

겨울밤 매서운 바람에 올리비에 집이 흔들렸다. 유령이 나올 것 같다고 소리 지르며 소파 밑에 기어들어 가는 대신에, 집에 두고 온 일거리들과 내일이면 다시 찾아올 조급한 마음을 미리 걱정했다. 수없이 많은 마음들이 변덕을 부리며 찾아왔다가 옅게 나를 흔들고 지지부진하게 사라지는 밤이었다.

오래도록 눈보라가 쳤다. 우드펠트가 타들어 가며 에리송의 밤을 데웠고, 꼬박 하룻밤을 밝히고 사라지는 그것을

아쉬워하며 두런두런 지난 일들을 이야기했다. 올리비에
만큼 재미있게 말하는 재주는 없지만, 우리만 알고 있는 우
리들의 이야기를 에리송의 밤을 위해 하나씩 풀어놓았다.

긴 겨울밤 적적하지 않게,

토닥토닥, 등을 두드리며.

L'été, Noël, Robert

웃긴 일이다.
나는 늘 떠났고 나의 모든 이들은 남겨졌는데,
정작 나는 내가 없는 자리를 글에 담길 원했다.
그러니 내가 말한 남겨짐과 고독과 외로움은
모두 환상이었는지도 모르겠다.
결국, 한철 다녀간 내가 잊히는 게 두려워서
허구를 적었던 것이 아니었을까.

여름, 크리스마스, 로베르

꼬박 12시간을 달렸다. 저기 어디쯤 바다가 있다는 말도 귀찮았다. 고속도로를 타지 않은 것을 후회했다. 천천히 여행하듯 가자던 콧노래는 장시간 여행의 피로 앞에 침묵으로 바뀌었다. 짙은 밤에 가려진 바다는 서운함에 몸서리를 쳤다. 사람을 잡아먹은 사나운 얼굴을 숨기고 아이처럼 칭얼거렸고, 파도의 징징대는 소리에 사람들은 바다를 안아 주려고 달려 나갔다.

이제 막 가게 문을 닫은 아일랜드 특산품 판매점의 주인은 발목을 붙드는 바다의 투정을 떼어 냈다. 바다보다 끌리는 것은 아일랜드 맥주와 위스키라. 선원의 복장을 하고도 배를 타지 않는 그는 딱 여름밤만큼 짙은 맥주를 손에 들고 환영 인사를 외쳤다. 우리가 아는 사이였던가? M은 대수롭지 않은 듯 창문을 열고 화답했다. '이곳에서는 여름이면 모두 관대해져'라는 그의 말처럼 상인들은 기분 좋은 비명을 질렀다. 어느 가게 하나 빈자리가 없었다. 여름에 먹으면 탈이 난다는 굴을 파는 식당 앞에도 길게 줄을 섰고 겨울에 제격이라는 크레프 집은 계절의 경험치가 적은 꼬마 손님들로 넘쳐 났다.

추운 날 만났던 늙은 선원들의 도시는 사라지고 없었다. 관광객들과 계절 노동자들, 젊은 선원들이 붐비는 그곳에서 염분이 섞인 바람과 강렬한 태양에 피부를 까맣게 태운 남자들이 술잔을 들고 바다를 희롱했다. 언젠가 술집에서 마주쳤던 선원이 말했다. 물고기 배 속에 들어갔던 요나처럼, 파도의 배 속까지 들어갔다 나온 이들은 어머니의 자궁을 두 번 통과한 사람들이라고. 사람은 열 달을 보낸 보금자리를 까맣게 잊고 사는데, 그들은 어떨까? 사나운 침묵과 고요한 요동이 넘실대던 그곳의 기억을 간직하고 있을까?

마초의 도시가 된 브르타뉴의 항구는 낯설었다. 나는 여름 바다와 항구도시를 싫어한다. 어쩐지 외설스러운 밤 조명이 싫고, 비린 술 냄새가 싫다. 술 취한 이들의 걸걸한 목소리는 시끄럽고, 생과 사의 파도를 탔던 모험담이 남긴 영웅도 싫다. 한철인 모든 것들을 경계한다. 그들이 휩쓸고 간 자리, 남은 고독을 지닌 사람들의 이야기라야 내 것 같다. 웃긴 일이다. 나는 늘 떠났고 나의 모든 이들은 남겨졌는데, 정작 나는 내가 없는 자리를 글에 담길 원했다. 그러니 내가 말한 남겨짐과 고독과 외로움은 모두 환상이었는지도 모르겠다. 결국, 한철 다녀간 내가 잊히는 게 두려워서 허구를 적었던 것이 아니었을까.

M은 여름의 바다를 나와는 조금 다르게 기억했다. 그는 수국의 안부를 물었다고 했다. 모네의 그림에 나오는 그 수국을 말하는 것인가. 나는 그가 가진 기억의 행적을 쫓아갈 수 없었다. '여름에는 바닷가에 수국이 많이 폈다'라는 그의 말은 어쩐지 아주 낯선 제3국의 문학 같았다. 여름 바다와 선원 그리고 수국이라.

수국은 잘 지낸다고, 골목에 흐드러지게 핀 그것들이 M에게 말을 걸었다. 나는 수국이 여름에 피는 꽃인 줄도 모르고 그것의 존재를 한참 의아해하며 바라보았다. 봄이 아니었나, 어릴 때 수국 같았던 엄마가 나를 안고 찍었던 사진 속에 만발하던 그 꽃은 무엇이었나. 수국이 아니라 나의 어머니의 흐드러진 청춘이었나. 가물가물하다. 꽃을 모르고 살았던 시간이 부끄러웠다.

'할아버지는 수국을 그리지 않았다'고 M이 말했다. 탐스럽게 물이 오른 분홍과 보라의 꽃잎들을 그냥 지나친 로베르를 M은 이해하지 못했다. 그러고 보니 로베르의 그림에는 정말 수국이 없었다.

퇴직을 하고 브르타뉴로 온 로베르는 건강이 악화되기

전까지는 그림을 그렸다. 주로 수채화가 많았고 유화도 가끔 그렸는데, 나는 그의 수채화 작품이 조금 더 마음에 들었다. 그의 수채화 속 가는 선들이 망설임의 흔적이었다면, 유화에서의 그것은 쓸데없이 덧붙인 문장처럼 느껴졌다. 나는 그가 수국을 그리지 않은 것이 매우 안타까웠다. 그의 수채화는 수국과 아주 잘 어울렸을 것이라고 생각했다.

로베르는 풍경화를 그렸다. 항구가 있고, 바다가 있고, 오렌지색 지붕을 덮은 마을이 있었지만 유독 수국과 사람은 없었다. 그의 그림에는 풍경이 되지 못하고 풍경 밖에 머문 사람의 시선이 있었다. 바닷바람을 맞으며 오밀조밀 살아가는 사람과 꽃을 만나지 못한, 외딴 섬 같은 사람의 시선이 무거워서 나는 그의 그림들을 오래 볼 수가 없다. 로베르는 풍경 밖에서 혼자 늙어 버렸다.

이곳에 와서 지난 십오 년 동안 그의 건강 상태는 나날이 악화되었다. 그의 병은 죽을 만큼은 아니지만 인생의 모든 재미를 빼앗아 버릴 만큼의 고통을 주면서 그를 괴롭혔다. 어느 날은 숨이 가빠져서 응급실에 실려 간 이후 담배를 끊어야 했고, 관절염이 심해진 후로는 그림을 포기했다. 또 지독한 변비 때문에 복통으로 병원을 찾았다가 영문을 모르고 장을 절단해야 했는데 변비가 그렇게 무서운 병인지 알았다면 진즉에 건자두를 많이 먹였을 것이라고, 로베르의 아내, 자클린은 후회하며 말했다. 장을 절단하는 수술을 한 이후 로베르와 자클린은 식사 후 항상 시럽에 절인 건자두를 먹었다. 로베르는 건자두가 변비에 효과적이기는 하나, 시커멓고 흐물흐물한 모습 때문에 그것을 삼킬 때마다 알 수 없는 모욕감을 느낀다고 했다. 그는 건자두 때문에 화를 자주 내었고, 건자두를 씹으면서 어느덧 괴팍한 노인이 되어 버렸다.

몇 년 전 크리스마스 파티였다. 초콜릿과 체리로 범벅된 크리스마스 케이크를 눈앞에 두고, 로베르가 상을 뒤엎었다. 유리그릇에 담긴 건자두 네 개 때문이었다. 그는 졸음을 이기지 못하고 반쯤 눈을 감고 있다가 자클린이 건넨 건자두를 보고 발작을 일으켰다. 뼈밖에 남지 않은 노인이 묵직하게 차려진 식탁을 엎는 일은 간단했다. 그가 팔을 휘저었고, 그의 팔에 꽂혀 있던 링거에 식탁보가 엉키면서 접시가 엎어졌다. 로베르의 사위 한 명이 크리스마스 케이크를 뒤집어썼다. 로베르가 사위의 머리카락에 엎어진 체리를 달라고 떼를 쓰는 동안, M의 시선이 향한 곳은 식탁 밑에 깔린 카펫을 천천히 적시는 물줄기였다. 로베르의 바지가 축축하게 젖어 있었다.

그날의 일에 대해 M은 그저 '끔찍한 크리스마스 파티' 정도로만 언급했다. 그러나 그에게도 나에게도, 로베르의 가랑이 사이로 줄줄 흐르던 오줌 냄새는 선명하게 남아 있다. 링거, 휠체어, 엎어진 크리스마스 케이크가 뒤섞인 기억들이 12월마다 찾아왔다.

그런데 12월도 모자라 여름이라니. 8월의 우울한 크리스마스트리 같은 수국과 반쯤 열린 문이 우리를 맞이했다. 바다를 지나온 M의 눈에는 여름의 들뜬 공기는 사라지고, 어느 우울했던 크리스마스의 으깨진 케이크가 담겨 있었다. 흥분한 노인의 바지 밑으로 흐르던 진한 오줌 냄새가 밴, 지나치게 달아서 속이 울렁거렸던 건자두가 섞인 케이크.

자클린은 주방에서 라디오를 크게 틀어 놓은 채로 로스트비프를 만들고 있었다. 70년대 샹송은 눈치 없이 디스코 박자를 타고 클라이맥스를 향해 전개되었고, 그녀는 바쁘게 감자 껍질을 벗겼다. 거실에서 티브이 소리가 들렸다. 평일 8시에 방송하는 퀴즈 프로그램이었다. 로베르는 휠체어에 앉아 사람의 기척을 느끼지 못하고 티브이를 보고 있었다. 귀가 아플 정도로 볼륨을 높이고 리모컨을 손에 꼭 쥐고 있던 그는 M이 다가가 손을 잡자 겨우 눈을 깜빡였다. 손자를 알아보지는 못했다. 나는 그의 왼쪽 뺨에 볼록 튀어나온 커다란 사마귀 세 개를 뚫어지게 바라보았다.

로베르는 M의 이름 대신 '고다르'를 외쳤다. M은 고개를 끄덕였다. 영화 〈네 멋대로 해라〉의 감독이 누군지를 묻는 퀴즈의 정답을 그가 맞춘 것이다. 저녁 8시에 어울리지 않는 프로그램이었다. 고다르라니, 스티븐 스필버그도 아니고.

로베르는 잠시 M을 알아보았지만 금세 다른 사람으로 착각을 했다. 저녁을 먹는 내내 여러 이름으로 M을 불렀다. 그는 놀랍게도 배관공, 소방관, 연말에 불우 이웃 돕기 모금을 위해 찾아오는 봉사단원의 이름까지 하나씩 기억해 냈다. 손자의 이름을 부르지 못하는 것을 제외하고는 대단한 기억력이었다. 자클린은 화를 내며 몇 번이고 M의 이름을 로베르에게 말해 주었지만 소용없었다. M은 괜찮다고 했다. 큰 충격은 아니었을 것이다. 로베르의 상태는 늘 짐작할 수 있을 만큼만 나빠졌으니까.

식사를 마친 후에 로베르는 자클린에게 크리스마스 케이크를 가져오라고 소리쳤다. 지금은 크리스마스가 아니라 8월이라고 M이 말했지만 그는 눈이 곧 올 거라며 담요를 찾았다. 자클린은 건자두 4개를 유리그릇에 담아 로베르에게 주었고, 그는 크리스마스 케이크를 까맣게 잊고 담요를 뒤집어쓴 채 눈을 기다리며 얌전히 그것을 먹었다.

저녁에 있을 선원들의 행진을 보기 위해 출발하는 M과 내게 자클린이 20유로를 건넸다. M은 그 돈을 몇 번이나 거절했지만 결국 그녀의 고집을 이기지는 못했다. 여러모로 애매한 지폐였다. 빳빳하게 펴서 지갑에 넣기에도, 주머니에 구겨 넣기에도 마땅치 않은, 들고 있자니 무겁고 금세 써 버리자니 허무한 20유로를 불편하게 손에 쥐고 집을 나섰다.

다시 항구로 나갔을 때는 이미 선원들의 행진이 끝난 후였다. 대형 선박부터 작은 배까지 등을 켜서 검은 밤을 밝혔으나 시커먼 바닷물은 어쩔 수 없었다. 그 속과 깊이를 알아보려는 어린아이들 몇 명이 부두에 쭈그리고 앉아 돌을 던졌다. 언제 어떻게 돌을 삼켰는지 시치미를 떼는 바다 앞에서 아이들은 풀이 죽었다.

피부가 검게 탄 젊은이들은 모조리 취해 있었다. 아일랜드 맥주를 마셨을 것이다. 프랑스 맥주보다 2배는 독한 아일랜드 맥주를 파는 바에는 사람들이 붐볐다. 난폭한 바다에 발목이 묶여 오랫동안 아일랜드로 돌아가지 못한 뱃사람들이 결국에는 이곳에 눌러앉았고 그래서 아일랜드 상점, 아일랜드 술집이 많은 것이라고 들었다. M이 해준 이야기다. 아니, 로베르가 M에게 들려준 이야기다. 로베르가 이곳에서 약 15년을 살면서 단 한 명의 친구도 사귀지 못했던 것은 그의 고약한 성격 탓도 있겠지만 바다를 모르는 사람들에게는 냉정한 뱃사람들의 고집도 한몫했을 것이다. 여름이 가면 곧 떠날 계절 노동자들도 자기들끼리만 취했다. 편을 나누고 벽을 세우는 모든 일들이 피로하나 또 필요한 숙명처럼 느껴져 옆 사람과 잔을 부딪치지 않고 내 것을 마셨다. 10도가 넘는 아일랜드 맥주는 가만히 속을 들끓게 했다.

밤이 쉬지 않고 지고 있었다. 몇 번이나 져서 완벽한 어둠이 올 때까지 우리는 맥주를 마시고 또 마셨다. 20유로를 모조리 써 버리고 가지고 있는 현금까지 털었다.

M은 고다르를 기억하면서 자신의 이름을 잊은 로베르의 모습이 끔찍했다고 말했다. 뼈만 남은 앙상한 몸을 휠체어에 싣고 링거와 소변 주머니를 찬 채로 퀴즈 프로그램 정답을, 그것도 고다르를 외치는 모습에 꽤나 충격을 받은 듯했다. 나는 언젠가 우리에게도 찾아올 일이라며 덤덤하게 말했지만 사실은 정말 그렇게 될지도 모른다는 생각에 두려웠다.

'이곳의 여름은 참 다르다, 겨울은 쓸쓸했는데'라며 겨울과 여름의 간극을 이야기했다.

사람들이 뛰고, 뜨겁고, 시끄럽고, 여자들의 화려한 원피스가 바닷바람에 펄럭이고, 계절 노동자들이 술에 취해 구토를 하고, 문신이 지워진 뱃사람들은 그것을 보며 비웃고, 저기 모퉁이를 지나 로베르의 집에서는 자클린이 내일의 식사를 준비하고, 거실에서는 특선 영화, 고다르의 〈네 멋대로 해라〉의 대사가 커다랗게 울리고 있는 여름은 분명 겨울과 달랐다.

겨울에 다시 오고 싶다는 내 말에 '크리스마스에 또 올텐데'라고 했던 M의 심드렁한 말투를 기억한다. 크리스마스가 싫다던 그의 굳은 얼굴도, 쓰디쓴 아일랜드 맥주 맛도, 자클린도, 로베르도, 시커먼 밤바다의 기억처럼 묵직하게 남았다.

3년 전에 로베르가 죽었고,
2년 전에 로베르의 아내, 자클린이 죽었다.
3년 전, 로베르의 장례식을 마지막으로 그곳에 다시 가
지 못했다.

어젯밤, 티브이에서 〈네 멋대로 해라〉가 방영되었다. M
은 샹젤리제 거리를 나란히 걷는 두 주인공을 보며 '고다
르'를 외쳤다.

La trace

그런 기술을 배우고 싶다.
사람의 말과 불행의 말을 구분하는 법,
사람의 마음과 불행의 마음을 알아보는 법,
그것을 안다면 예의 없이 손을 내미는 불행에게
완벽한 거절의 의사를 표현할 수 있을지도 모르겠다.
불행한 사람을 구하러 갔다가 불행에 빠져 죽지 않고
사람만을 건져 오는 법, 지금 우리에게는 그것이 절실하다.

흔적

M의 부모님이 머물렀던 방의 문을 열었다. 가구 배치가 달라졌다. 침대 위치가 마음에 들지 않으셨던 모양이다. 차양을 닫은 탓에 컴컴해진 방 한구석에 스탠드 하나가 낮부터 켜져 있었다. 그들이 겨우 삼 일을 머물렀을 뿐인데, 나는 그 방에서 그들이 사는 노르망디의 습도와 냄새를 느꼈다. 솔직히 말하자면 묘하게 달라진 공간을 발견했을 때, 나도 모르게 당혹스러운 불쾌감이 찾아왔다. 닳거나 빼앗긴 것이 아닌데도 순간적으로 침범당했다는 느낌을 받았던 모양이다. M의 가족을 좋아한다. 그러나 단란한 그의 '가족' 안에 단란하지 못한 내가 들어가는 일이 몸살처럼 느껴질 때가 있다.

'함께'라는 말이 내게는 종종 '부담' 혹은 '불편함'으로 읽힌다. 그리고 보면 단체 생활에 늘 적응을 못하고 살아왔던 것 같다. 학교에 다닐 때도, 어른이 되어서도 '사회성'이라는 말 앞에서는 언제나 주눅이 든다. 그러니 내게는 혈연이 아닌 사람들이 다시 만들어야 하는 '가족'이란 단체가 결코 쉽지는 않다. 다 큰 어른에게 생판 몰랐던 사람들을 어느 날 갑자기 내 가족으로 맞이하라는 것은, 머리로는 몰라도 마음으로는 어려운 것이 당연한 일이 아닌가.

불편한 마음으로 문을 닫았다. 침대 위에 놓여 있던 약봉지, 잡지, 사용한 수건, 두고 가신 스카프가 눈에 띄었지만 그대로 두고 나왔다. M에게 청소를 맡겼다. 지나치게 말끔히 치우는 것이 혹여 그들의 흔적을 지우는 것처럼 보일까 봐 조심스러운 면도 있었다. 다만 환기를 시키는 것이 좋겠다고 말했고, 그는 별말 없이 고개를 끄덕였다. 차양과 창문을 활짝 열자 저기 어디 즈음 붙들려 옴짝달싹 못 하는 봄의 비명이 들렸다. 목수처럼 강한 악력을 가진 겨울은 시간을 쉬이 놓아 주지 않는다. 가구들을 제자리로 돌려놓은 것은 M이었다. 원래의 위치를 선호한 것인지, 나의 눈치를 본 것인지 모르겠다.

냉한 바람에 M의 어머니의 진한 향수 냄새를 날려 보내고, 향을 피운 후에야 청소가 끝났다. 엄마였더라면 걸레를 손에 들고 바닥을 닦았겠지만, 엄마가 돌아간 후 손걸레를

없앴다. 손걸레는 쓰지 않는다. 쭈그리고 앉아서 온 집안을 닦고 다니는 데 에너지를 소비하고 싶지는 않다.

어머니들은 대체로 공간을 사유화하는 탁월한 능력을 가지고 있다. 별다른 노력을 하지 않아도, 그저 어머니가 있다는 이유 하나만으로도 어느 곳이든 순식간에 '집'이 되어 버린다. 어머니가 접시를 놓는 방식, 컵을 놓는 위치, 그만의 고유한 체취, 아주 미묘한 것만으로도 나만의 공간은 너무도 쉽게 한 가족의 것이 되고 만다.

엄마가 공간의 사유화 작업에 이용하는 도구는 걸레였다. 한 손에 걸레를 들고 제법 심각한 얼굴로 같은 자리를 닦고 또 닦는 동안, 공간은 완전히 엄마의 것이 되어 버렸다. 엄마는 쉽게 길들여진 그것을 칭찬해 주는 듯, 구석구석 하나도 빼놓지 않고 공평하게 만져 줬다. 무엇 하나 반듯하지 않은 것이 없던 공간은 엄마가 떠난 순간 하나씩 허물어졌다. 작은 것부터 서서히 엉키고 꼬이는 그것들 틈에서 살아가고 있다. 반듯하지 않은 나를 닮은 것인지도 모르겠다.

M의 어머니가 공간을 차지하는 방식은 조금 더 노골적이다. 입구에 들어간 순간부터, 그녀의 물건이 하나씩 놓인다. 현관 콘솔 위에는 액세서리를, 소파 위에는 그녀의 외투가, 의자 위에는 숄과 책이, 식탁 위에는 선물로 가져온 아기자기한 장식들이 보기 좋게 자리를 차지한다. 나의 공간에는 어울리지 않는, '프랑스식 가정'에 있음 직한 물건

들은 대체로 M이 자란 노르망디의 집에서 본 것과 비슷하다.

나는 용도가 모호한 물건들을 사본 적이 없다. 무언가를 꾸미고 가꾸는 DNA가 내게는 없는 것이 아닐까 생각한다. 그런 것이 구질구질해 보인다거나 예쁘지 않다는 게 아니라, 말 그대로 눈에 들어오지 않는다. 내게는 어머니의 눈이 없다.

식탁 위에는 여전히 M의 어머니가 가져온 에그타이머와 호랑이 인형이 달린 열쇠고리, 사용할 때마다 세탁을 해야 하는 천 냅킨과 메추리알을 요리하는 미니 냄비가 있었다. 내게는 쓸모없는 그 물건들을 어디에 둬야 할까 고민하고 있을 때 M이 말했다.

"진짜 엄마가 다녀가긴 했군. 그거 알아? 우리 엄마는 무조건 작은 걸 좋아해. 프라이팬도 달걀프라이 딱 하나 되는 것을 사 주더라고. 나는 한 번에 세 개는 먹어야 하는데. 미니 사이즈만 보면 엄마가 생각난다니까."

M이 투덜거리며 미니 프라이팬에 달걀을 하나씩 세 번 부쳤을 생각을 하니 웃음이 났다. 분명 작고 아담하고 예쁜 달걀프라이가 만들어졌을 것이다.

M의 어머니는 메추리알 전용 미니 냄비의 사용법을 적어 두는 것도 있지 않았다.

메추리알을 깨서 넣는다.

크림과 커리 가루를 넣는다.

오븐에 넣는다.

　메추리알 크기에 맞게 소꿉놀이 냄비처럼 나온 그것이 신기해서 한참을 보았다. 그것으로 M의 배를 채우려면 메추리알 한 판을 요리해야 할 것이다.

　"우리 집이 아니라 노르망디 집 같아."

　M에게 농담 같은 불만을 표시했다. 둘 다 웃었지만 그 밑바닥에는 묘한 거부감이 있었고, 그것은 내 것을 지키고자 하는 동물적인 본능이기도 했다. 그러나 빨리 패배를 인정하는 편이 현명할 것이다. 모성을 이기는 본능은 없다.

　어머니라는 존재는 어쩌면 가족의 깃발 같은 것이 아닐까. 어느 자리라도 어머니라는 깃발이 꽂히는 순간, 그곳이 바로 가족의 터가 된다. 어머니를 떠난 순간부터가 방황의 시작이고, 어머니가 되는 순간 비로소 자신이 새로운 뿌리의 구심점이 된다. 남성들은 어떨까. 아내가 어머니가 되는 순간 뿌리를 갖게 되는 것인가. 여하튼 어머니를 떠나 어머니가 되지 못한 나로서는 스무 살 이후의 삶이 끝나지 않는 유랑처럼 느껴진다.

　나에게는 어머니들처럼 공간을 장악하는 능력이 없다. 오히려 남의 공간을 내 것으로 만드는 것을 부끄러운 일로 여긴다. 낯선 곳, 혹은 내 것이 아닌 공간에서는 몸짓을 최대한 작게 줄인다. 나의 흔적을 남기는 것이 타인에게도 나 자신에게도 실례인 것만 같다. 어머니가 아니기에, 어머니의 마음으로 사람을, 공간을 만지지 못하기 때문이다. 어머니는 자신이 가지고 있는 것이 아닌, 자신 그 자체를 내어 준다. 그래서 공간이 어머니가, 어머니가 공간이 되고야 만다.

M의 부모님이 다녀가시고 묘하게 공기가 달라진 집을 보는 M의 표정이 썩 편하지만은 않았다. 그는 부모님이 머문 자리를 여러 번 털어 냈다. 독한 향수 냄새에 머리가 아파서라고 하지만 그가 지우려는 것은 부모님의 흔적이 아닌 병의 무게와 흔적일 것이라 짐작했다. 나는 그의 분주한 움직임을 가만히 지켜보았다. 내 것이 아닌 무게를 대신해서 덜어 낼 수는 없다.

M의 부모님과 함께 보낸 삼 일은 편안하고 조용했지만 이따금씩 찾아오는 병의 존재감은 어쩔 수 없었다. M의 어머니는 가끔 울었고, 짜증이 많아졌으며, 과거의 일들을 자주 소환했다. 20년 전에 남편에게 서운했던 일과 고향에 대한 애착이 없는 아들을 원망하기도 했고, 냉장고에 있는 한국 음식들을 보면서 징그러운 무언가를 본 듯한 표정을 짓기도 했다. 일시적으로 병에 의해 마음이 불편할 수 있다는 것을 잘 알고 있으면서도 순간적으로 울컥하기도 했다. 아

닌 줄 알면서도 그녀가 거부하는 것이 진한 마늘 냄새나는 한국 음식이 아니라 나 자신인 것 같은 기분이 들 때도 있었다. 어쨌든 오해를 하는 것도 오해를 삼키는 것도 모두 내 몫이다.

아픈 것이 힘든 것인지 아파서 찾아오는 감정들 때문에 힘든 것인지 분명하지는 않지만, M의 어머니는 지치고 우울한 얼굴을 숨기지 않았다.

"어떠니? 이상하니? 보기 흉해?"

가발을 벗고 소파에 앉아 있던 그녀는 하루에도 몇 번씩 물었다.

"생각보다 잘 어울려."

M은 묻는 말에 늘 성실하게 대답했다. 그러나 나는 그가 어머니가 있는 곳을 향해 시선을 두기를 꺼린다는 것을 알고 있었다. 그는 한 번도 본 적 없던 어머니의 모습을 마주하는 것을 두려워했다.

머리카락 한 올 없는 그녀의 모습을 가장 견디기 힘들어했던 것은 M의 아버지였다. 가발을 쓰고 있는 것이 좋지 않겠냐는 잔소리에 두 사람이 다투는 일도 있었다. M의 아버지는 M에게 아내의 민머리를 보는 것이 견디기 힘들다고 말했다. 시시때때로 아내가 아니라 암을 마주하는 기분이라고도 했다. 나는 그것이 너무 냉정한 표현이 아닐까 생각했지만 M은 아버지를 이해한다고 했다. 그는 '누구나 불행으로부터 자신을 지킬 권리가 있다'고 말했다. 생각해 보면 그것도 틀린 말은 아니다. 불행을 나눠서 불행을 두 배로 키울 이유는 없다. 그것은 반으로 쪼개지기보다 배로 늘어나는 성질을 갖고 있다.

슬픔을 나누는 것과 불행을 나누는 것은 다르다. 슬픔은 위로를 원하지만, 불행은 불행 자신 외에 다른 어떤 것도 원하지 않는다. 그것은 불행한 상태, 그 자체를 가장 좋아하며 변화를 싫어하고 매우 친화적이어서 어떻게든 자신이 있는 쪽으로 모두를 끌어당기려 한다. 사람을 말하는 것이 아니다. 불행이란 놈이 그렇다는 것이다. 그러니 귀를 막고 달아나야 하는 것이 아닌가. 소돔과 고모라를 탈출하듯이 귀를 막고 돌아보지 말고 가야 하는 것이 아닐까. 그럴 수 있을까. 불행을 버리고 가면, 불행과 함께 남은 사람은 어떻게 될까. 불행을 버리고 사람을 끌어안는 방법은 없는 것인가. 그런 기술을 배우고 싶다. 사람의 말과 불행의 말을 구분하는 법, 사람의 마음과 불행의 마음을 알아보는 법, 그것을 안다면 예의 없이 손을 내미는 불행에게 완벽한 거절의 의사를 표현할 수 있을지도 모르겠다. 불행한 사람을 구하러 갔다가 불행에 빠져 죽지 않고 사람만을 건져오는 법, 지금 우리에게는 그것이 절실하다.

세탁기와 청소기를 돌리고 식탁에 있는 잡동사니를 한

쪽에 몰아 놓은 후, 다시 노트북을 꺼냈다. M의 어머니의 흔적이 귀퉁이로 물러남과 동시에 노트북, 검은 케이블 선과 몇 권의 책 그리고 글씨를 알아보기 힘든, 무언가를 잔뜩 써 내려간 종이가 서서히 식탁을 차지해 나갔다. 꾸밈과 돌봄이 없는 나의 공간은 잡초처럼 얽히고설키면서 자신만의 정원을 만든다. 선인장 하나 핀 삭막한 이곳이 내게는 익숙하다.

이제 막 무언가를 끄적거리기 시작했을 때, M이 파란 스카프를 흔들며 내게 물었다.

"이거 네 거야?"

나는 고개를 저으며 말했다.

"놓고 가신 것 같아."

M의 손아귀에 쥐어진 파란 스카프는 얌전히 처분을 기다리고 있었다.

가발을 불편해하시던 M의 어머니는 파란색 스카프를 터번처럼 머리에 두르고 다니셨다. 집에 있을 때나 시장에 갈 때, 잠시 바깥에 나갈 때, 스카프를 두르는 것이 훨씬 더 편하다고 했다. 속이 비치는 얇은 재질의 스카프는 감촉은 좋지만 단단히 묶지 않으면 금세 풀려 버리는 단점이 있어서 M과 그의 아버지는 외출할 때만큼은 가발을 쓰는 것을 권유했다. 집에서야 풀어져도 상관없지만 바깥에서 그것이 풀어져 벗겨지면 민망하지 않을까 하는 배려였으나 M

의 어머니는 매우 불쾌해하며 스카프를 고집했다.

화창하다가도 갑자기 바람이 불고 비가 내리는 3월의 날씨에 스카프는 위태롭게 휘날렸다. 시장에 가는 길에 우산이 뒤집어질 정도로 심한 바람이 불었다. 강력한 바람이 뺨을 스치는 순간 나도 모르게 그녀의 스카프를 바라보았다. 힘없이 스르르 풀리는 그것을 모르고 걷던 M의 어머니는 하얀 민머리가 반쯤 드러나서야 스카프를 부여잡았다. 시장 한복판에서, 그녀는 지나가는 사람들의 시선을 의식하며 그것을 다시 동여매야 했다. 자꾸만 미끄러지는 스카프 틈으로 하얀 두피가 보일 때마다 가슴이 두근거렸다. 유방암이란 것이 그토록 폭력적인 병이었던가. 그녀가 싸우고 있는 대상은 암이란 비정상적인 세포가 아니라, 사라져가는 여성성이 아닐까 생각했다.

M의 아버지는 아내를 도와주러 나섰다. 검고 두툼한 손이 그녀의 스카프를 잡자, M의 어머니는 '제발 저기 떨어져 있어'라고 신경질적으로 소리쳤다. M의 아버지는 손에서 스르르 빠져나가는 파란 스카프를 보며 한 걸음 물러섰다. 펄럭이는 그것을 말없이 바라보던 M의 아버지와 그 모든 것을 지켜보던 M의 얼굴에 나무 그림자 하나가 누웠다. 겨울은 헐벗은 나무를, 그들의 침울한 얼굴을 오랫동안 붙들고 놓아 주지 않았다.

"스카프는 어떻게 할까?"

M이 물었다.

"그냥 둬. 내가 나중에 치울게."

나는 M의 눈치를 살피며 대답했다. 그가 혹시 울음을 터트리는 것은 아닐까 표정의 변화를 놓치지 않으려고 애를 썼다. 주인 없이 펄럭이는 스카프라는 게 처연한 물건이 아니던가. 길고 가녀리고 연약한 그것이 온몸으로 부재를 표현하고 있으니 말이다. 그러나 M은 생각보다 의연하게 불행을 정리했다. 커다란 손으로 얌전히 스카프를 접으며 담담히 부모님에 대한 애정을, 연민을, 그리고 무게감과 미안함을 고백했다.

그는 '그럼에도 불구하고 결코 불행해지고 싶지 않다'고 말했다. 그것이 나를, 우리를 지키는 일이라는 그의 말에 고개를 끄덕였다.

M은 어머니가 아닌 그녀가 남기고 간 불행의 흔적을 치웠다. 에그타이머를, 냅킨을, 메추리알 전용 냄비를 상자에 담아 창고에 넣었다. 다만 스카프만은 어떻게 하지 못하고, 그것을 손에 쥔 채로 내 주위를 맴돌았다. 나는 그것을 깨끗이 빨아서 봄이 오는 날에 그의 어머니에게 돌려드리겠노라고 했다.

한날이 채 가기도 전에 어머니의 흔적이 사라졌다. 서둘러 되찾은 우리의 공간과 그것의 익숙함이 조금은 죄스러운 밤이었다. 저녁 내내 겨울의 손을 놓지 못한 바람이

창을 두드렸고, 불행을 지운 파란 스카프만이 조용히 몸을
들썩였다.

Ce qu'on appelait la mer

나는 또 강을 바다라고 부르며 말했다.
달을 먹은 검은 물결은
노란빛을 냅다 삼키고 반도 돌려주지 않았다.
억울한 달이 제자리에서 발을 굴렀다.
그 둘 사이의 불공정한 거래를 목격하면서도 바다에 손을
들어 주었다. 두 팔을 벌려 품을 수 없는 것은,
달빛을 먹고도 태연하게 검은 것은 바다가 분명했다.

바다라고 부르는 것들

대서양으로 흘러간다는 테주강을 뒤로하고 언덕을 올랐다. 강인 줄 알면서도 나는 그것을 자꾸만 바다라 부르고 있었다.

나는 바다를 모른다. 밀물과 썰물이 있고 갈매기가 나는 곳은, 해를 먹고 달을 뱉어 내는 것은 모조리 바다라고 불렀다. 죽은 바다를 보며 자란 탓이다. 그러니까 내가 아는 바다의 결말은 썩은 나무 도마 위였다. 갓 죽은 머리 잘린 동태와 고등어의 붉은 피는 금세 산화되어 검은 얼룩으로 변했고, 낡은 도마 위에는 날 선 칼날과 푸른 등의 죽은 바다가 누워 있었다. 얼굴이 늘 붉었던 생선가게 박 씨 아주머니가 네 토막으로 잘라 검은 봉지에 담아 준 그것에서는 영락없는 바다 냄새가 났다.

토막 난 상처에 굵은 소금이 뿌려진 바다였다. 아픈 바다는 잘 익은 묵은김치와 함께 솥에 빠져 붉은색이 되었다. 아빠는 바다의 머리를, 엄마는 바다의 꼬리를 먹었다. 통통하게 살이 붙은 배와 등은 할머니와 할아버지의 몫이었고, 길게 찢은 배추를 감은 껍질은 나와 동생의 것이었다. 바다는 잘게 찢어져 공평하지 않게 나눠었고, 어린 나는 그것이 늘 불만이었다. 생선을 실컷 먹는 것이 소원이었던 내게, 엄마는 생선 알을 숟가락으로 퍼서 밥 위에 얹어 주며 말했다.

"알이다. 이것을 먹으면 100마리의 생선을 먹는 것과 같은 거야."

엄마와 나는 생선 알을 50마리씩 나눠 먹었다. 입안에서 자잘하게 터지는 그것을 오래 씹다 보면 고소한 비린내가 났다. 병아리는 뇌부터 만들어진다고 하던데. 아니, 눈이었나. 내가 삼킨 것이 수십 마리 생선의 어떤 부위였을까 짐작이 가지 않는다. 나는 늘 아가리만 아니면 된다고 생각했다. 날카롭고 작은 이빨을 삼키면 목에서 뾰족한 이가 자라서 죽은 바다의 복수를 할 것만 같았다.

"눈이 제일 맛있는 거다."

아빠는 눈을 부릅뜨고 죽은 생선 대가리에 쇠젓가락을 쑤셔 넣으며 말했다. 조심스럽게 눈깔을 꺼내면 움푹 파인 검은 구멍 하나가 반짝였다. 어미에게는 보석 같은 눈이,

아빠에게는 맛 좋은 눈알이, 내게는 비위 상하는 알갱이 하나가 떨어져 나갔다. 눈깔이 떨어져 나간 곳에는 빨간 국물이 넘실넘실 채워졌다. 아빠는 아가리를 조그맣게 벌린 그것을 다시 입안에 넣고 잘근잘근 씹으며 숨은 즙을 빨아들였다. 아빠에게서 고추장과 김칫국물이 섞인 바다 냄새가 났다.

"바다 냄새가 아닌가?"

아무래도 태주강을 강이라 부르는 것이 서운하여 M에게 물었다. 그는 내가 아무리 우겨도 강이 바다가 될 리는 없다고 했다. M은 시장에서 자라 바다를 모르는 나를 비웃었다. 그 역시 노르망디에서 자랐다고 하나 바다가 있는 곳은 아니었다. 계절마다 여우와 토끼를 사냥하는 숲에서 자란 그가 바다에 대해 아는 척을 하다니 우스운 일이다. 여름마다 프랑스령 제도에서 휴가를 보낸 것이 그가 아는 바다의 전부였을 것이다. 달콤한 아이스크림과 크레페 그리고 알록달록한 장난감과 튜브의 플라스틱, 고무 냄새가 나는 곳이 아니던가.

그가 스쿠버다이빙을 하며 봤다던 오색찬란한 물고기들은 내가 사는 곳에 오면 모조리 참수형을 당했다. 파란 트럭이 스티로폼 상자를 실어 나르면, 얼음과 함께 담겨 있던 그것들은 차례로 나무 도마 위에 올라왔다. 목이 먼저

베이고 꼬리가 나중에 잘릴 때, 배를 갈라 내장을 훑어 낼 때, 나는 오징어 발에 감겨 온, 갈치 지느러미에 묻어온 바다를 보았다.

검고 붉은 내장이 하수구로 흘러내리면, 그 옆에서 남자아이들은 딱지를 쳤고, '대가리는 버리지 말고 그대로 주소'라고 말하던 할머니는 생선의 배와 등을 이리저리 뒤집어 보며 흠집을 찾아냈다. 오징어 다리가 한 개 모자란 것이 아닌가, 살은 없고 새끼만 도톰하게 밴 생선이지 않은가, 비린내도 마다하고 손가락으로 헤집어 보던 할머니와 박 씨 아주머니 사이에는 간혹 싸움이 붙기도 했다.

"바다가 만든 것을 내게 어쩌라는 거요."

박 씨 아주머니의 억울한 하소연이었다.

할머니의 언성이 높아지면 동네 아이들은 내장이 묻은 딱지를 버리고 달아났다. 젤리처럼 물컹하고 검붉은 이것으로 숨을 쉬었을까. 어느 생명체든 꽤나 징그러운 것을 숨기며 살아간다고 생각했다. 오백 원, 천 원에 이를 가는 할머니 덕분에 바다에도 귀천이 있음을 배웠다. 다리 하나 모자란 병신 오징어와 눈깔에 총기가 없는 동태는 제값에서 반드시 얼마를 깎아서 가져왔다.

"병신은 되지 말고 살어."

할머니는 내게 병신을 낳은 바다가 담긴 검은 봉지를 쥐여 주며 말했다. 나는 플라스틱 비닐봉지 냄새와 비린내,

피와 내장 냄새가 한 움큼 담긴 그것을 싱크대에 던져 놓고 식탁에 앉아 엄마를 기다렸다.

겨울에 내가 제일 좋아하던 음식은 동태찌개, 양은 냄비 가장자리에 고춧가루가 듬뿍 묻은 칼칼하고 얼얼한 그것이 만들어지는 과정을 지켜보며 영원히 엄마의 식탁에서 늙어 죽으리라 다짐했던 때도 있었다.

찌개 국물을 한 숟갈 뜨자마자 할머니의 훈계가 시작됐다. 동네 불량한 놈들과 어울려 다니는 딸년의 참하지 못한 행실은 어미를 잘못 둔 탓이라고 했다. 엄마의 낯빛이 병신을 낳은 바다가 담긴 검은 봉지처럼 거무스레 변했다. 내장이 묻은 딱지를 내다 버린 것은 할머니가 무서워서가 아니었다. 검은 봉지 속, 죄 많은 바다가 된 엄마 때문이었다.

"바다가 있는 곳에서 살면 어떨까?"

저기 아래, 태주강이 보이는 언덕을 오르면서 M이 물었다. 그 역시 어느새 강을 바다라 부르고 있었다.

"늘 바람을 신경 쓰면서 살아야 한대."

누군가에게 들은 이야기를 내 말처럼 옮겨 버렸다.

"그래서 머리카락이 구불거리는 건가? 바람이 헝클어뜨리고 가는 것에 이골이 나서."

M이 말했다. 그러고 보니 여자들의 긴 머리카락이 유난히 구불구불한 것도 같았다. 나는 사랑스러운 곱슬머리

를 늘 부러워했다. 가슴까지 내려오는, 제멋대로 구불거리는 머리카락에 동그란 안경을 쓴 여자아이들이 무척 예쁘다고 생각했다. 바닷바람을 미용사로 둔 여자아이라면 탐스러운 곱슬머리를 갖게 되지 않을까.

매일 죽은 바다에 소금을 뿌리던 박 씨 아주머니는 이영희 미용실에서 파마를 말았다. 오래 말고 있어야 컬이 잘 나온다며 분홍 보자기를 쓰고, 고등어도 팔고 밥도 먹고 오줌도 쌌다. 공중 화장실이 따로 없던 재래시장에서는 골목 귀퉁이 리어카 뒤가 여자들의 화장실이었다. 노란색, 분홍색 보자기를 쓴 여자들이 얼굴만 가리고 뽀얀 엉덩이를 내놓으면 뜨거운 오줌 줄기에서 김이 모락모락 올라왔다.

바닷바람만큼은 아니어도 재주가 꽤 좋았던 이영희 미용실 원장님의 파마 솜씨는 이제 와 생각해 보니 리스본 여자들의 헤어스타일을 흉내 냈던 것 같다. 단지 가슴까지 길게 두지 못하고 목 뒤로 짧게 자른 것이 다를 뿐, 구불거리는 머리카락의 자유분방한 웨이브는 바닷바람의 손길과 별반 다를 게 없었다. 정신 사나운 게 싫어서, 청승맞아서, 귀신같아서 긴 머리가 싫다는 김 씨, 최 씨, 박 씨 여자들은 죄다 머리카락을 짧게 자르고 파마를 말았다. 만오천 원 하던 파마는 이영희 원장님의 손 껍질이 벗겨질 정도로 약이 독했지만, 단단히 말아 잘 풀리지 않았다. 바닷바람이 없는 그곳에서는 독하고 오래 가는 파마약이 제일 인기였다.

긴 곱슬머리를 흩날리는 소녀들을 보며 머리카락을 짧게 자른 것을 후회했다. 다시 길러야겠다, 조금 더 늦기 전에 둥근 안경을 쓰고 머리를 길러 파마를 해야지, 바닷바람처럼 유능한 미용사를 찾아야지, 이영희 원장님처럼 평생 파마를 말은 사람이면 괜찮겠다, 나는 그렇게 너무도 먼 일을 생각했다. 머리카락이 자라려면 오래 기다려야 할 것이다.

"바다가 달을 먹는다."

나는 또 강을 바다라고 부르며 말했다. 달을 먹은 검은 물결은 노란빛을 냈다 삼키고 반도 돌려주지 않았다. 억울한 달이 제자리에서 발을 굴렀다. 그 둘 사이의 불공정한 거래를 목격하면서도 바다에 손을 들어 주었다. 두 팔을 벌려 품을 수 없는 것은, 달빛을 먹고도 태연하게 검은 것은 바다가 분명했다.

가파른 언덕을 오르는 노란 기차에서 마지막 승객들이 내렸다. 사람의 걸음만큼 빠른 기차에서 하차하는 그들의 얼굴에는 온종일 언덕을 오르내린 피로가 그림자처럼 깔렸다. 누군가가 뒤를 돌아보며 외쳤다.

"저기 바다가 보인다."

감탄사가 쏟아지는 쪽으로 어김없이 검은 사내들이 달

려들었다. 야무지게 포장한 작은 뭉치를 내밀며 알아들을 수 없는 말로 무언가를 팔려 했다.

"보지 마."

M이 말했다. 나는 죄지은 사람처럼 고개를 숙이고 사내들을 스쳐 지나갔다. 딜러를 기다리는 젊은이들과 클라이언트를 기다리는 딜러들이 서로 엇갈리며 상대를 찾으려 애썼다. 손을 번쩍 들어 올려 이름을 부르지 못하고, 불안의 눈빛과 욕망의 눈빛이 아슬아슬하게 마주치지 못하고 비껴갔다. 괜한 장면들을 목격하는 것이 싫어서 우리는 경치가 훌륭하다는, 볼 것이 많다는 그곳을 벗어나기로 했다.

또 하나의 언덕을 올랐다. 관광지에서 떨어진 동네에서는 마리화나를 파는 상인 대신 골목에 의자를 놓고 앉아 있는 여자들이 보였다. 마주한 벽을 골똘히 바라보거나, 저기 내리막길 끝의 바다와 미약한 달을 보기도 했다. 골목마다 아직 빨래 냄새가 가시지 않은 2월의 밤이 봄밤처럼 상쾌했다.

내가 자란 동네에서도 여자들이 저렇게 달을 지켰다. 평상에 또 골목의 부서진 의자에 앉아 지나가는 사람들에게 한두 마디를 건네기도 했다. '날이 좋소', '밤공기가 아직 차네', 마주 보며 정답게 이야기를 나누기에는 멋쩍은 이들의 곁도는 말과 성만 알고 이름을 모르는 그녀들의 얼굴을 하나씩 떠올렸다. 최가, 김가, 박가 사내들의 아내들. 생각해 보니 그 여인네들은 자신의 성이 아닌 남편의 성으로 불렸던 것 같다. 장사가 끝난 시장에서 우두커니 밤을 마주했던 여자들을 떠올리자니, 이름을 잃은 이들의 하루 끝이 발끝에 채여 걸음이 무거워졌다. 그 저녁의 기다림은 마중이었을까, 배웅이었을까.

M은 우리가 전에 살았던 시골 마을에서 포르투갈 여자들이 밤마다 골목에 나와 앉아 있던 이유를 알 것 같다고 말했다. 우리는 2년 동안 검은 돌이 많은 시골 동네에서 살았는데 70년대 프랑스로 넘어온 포르투갈 이민자 가정이 유난히 많은 곳이었다. 눈썹이 짙고, 피부가 조금 까무잡잡하고, U(위)를 OU(우)로 발음하던 여자들은 프랑스의 작은 마을에 살며, 여기 리스본의 골목 같은 풍경을 만들었다. 그녀들은 줄곧 내리막길 끝에 있는, 오래전에 멈춘 분수대를 바라보았다. 강도 바다도 없는 동네에서 긴 저녁 끝자락에 걸터앉아 여자들이 손을 흔들던 것은 환영의 인사였을까, 작별의 손짓이었을까.

낯선 언어로 '보아 노이찌'(저녁 인사, 안녕하세요)를 외치자 앉아 있던 여자들이 수줍게 웃었다. 기미가 많은 피부와 검은 속눈썹 그리고 마른 입가는, 문을 닫은 생선 가게 앞에 앉아 있던 김 씨와 박 씨 그리고 최 씨로 불렸던 여자들, 검은 돌이 쌓인 마을에 숨어 살던 머리카락이 뻣뻣해진 포르투갈 여자들의 그것과 닮아서 자꾸만 말을 걸고 싶어졌다. '밤이 아직 찬데 감기 걸리겠습니다', '저녁은 드셨습니까', '아저씨는 또 술에 취해서 들어오지 않는 건가요'.

그러나 서로의 언어를 모르는 우리는 '안녕하세요' 인사를 건넨 후 무슨 말을 이어야 할지 몰라 애매한 미소를 지으며 멀어졌다. 또 이름 모르는 여자들의 웃음만 받아 버렸다.

바람이 달려들었다. 바다를 끼고 사는 것은 바람을 신경 쓰고 사는 일이라는 말이 맞는 듯했다. 나는 사정없이 흩날리는 가는 머리카락을 붙잡고, 죽은 바다를 팔던 시장과 떠난 마을의 검은 돌집 그리고 바다라 불리는 강을 향해 손짓을 했다.

마중을 위한 것인가, 배웅을 위한 것인가.

누군가 물어도 대답할 재간이 없다.

떠나온 것들은 하나씩 쌓여 가는데, 바다를 향한 나의 오해는 여전히 풀리지 않는다. 밀물과 썰물이 있고, 갈매기가 날고, 태양을 삼키고 달을 토해낸, 달빛을 먹고 반도 돌려주지 않은 무정하고 시커먼 그것이 일렁였다.

너는 왜 바다가 아닌가.

왜 바다라 부르지 못하는가.

언덕은 다시 내리막길로 이어졌다. 어느 술집에서 뚱뚱한 여가수가 부르는 '파두(FADO)'가 넘실넘실 밤공기를 타고 뒤를 쫓았다. 바다 아닌 바다가 마중인지 배웅인지 모를 손짓을 했다. 리스본에서의 마지막 밤이었다.

Êtes-vous triste ?

"당신은 슬픕니다."

당신은 슬픕니까

"나는 슬프다는 말을 잘 쓰지 않는다. 속상해, 힘들어, 그것도 아니면 마음이 조금 그랬어, 그 정도로만 표현하지."

나는 얀이의 까맣고 긴 머리카락을 묶어 주며 말했다.

"그렇지만 슬픈 것과 속상한 것과 힘든 것은 다른 말이 아닌가요?"

얀이가 물었다.

"글쎄 다르긴 하지만 슬프다는 말은 너무 문학적이야. 시 혹은 노래 가사에나 어울리지. 입으로 '슬퍼'라고 말하는 것은 어쩐지 안 슬픈 것 같아."

얀이는 고개를 저었다.

"그 상년에서 여사가 슬프다고 했어요. 검킴한 빙 인에서 불도 켜지 않고 혼자 앉아서 '슬픕니다'라고 말했다고

요."

얀이가 다시 또박또박 설명했다.

"드라마여서 그래. 실제로는 안 그렇다니까."

나는 얀이의 눈매가 사납게 찢어질 때까지 머리카락을
잡아당겨 높이 묶어 주었다. 3년 동안 한 번도 자르지 않았
다는 머리카락에서는 반질반질 윤기가 났다.

"투애니원 같지?"

나는 얀이의 어깨를 두드리며 웃었다. 얀이가 웃으며
입을 삐죽거렸다.

"나는 소녀시대가 좋은데."

얀이는 문 앞에 신발을 얌전히, 가지런히 벗어 놓았다.
얀이는 신발과 외투, 가방을 한쪽에 잘 정리하는 습관을 지
니고 있었다. 어릴 때부터 엄마에게 교육을 잘 받은 착한
여자애처럼 그 애는 자신이 들어오고 나간 자리를 항상 단
정하게 정리했다. 어느 날 새 신발을 정리하는 얀이에게 아
디다스 운동화를 샀냐고 물었더니 아디다스가 아니라 아
다다스라고 대답했다. 얀이가 말해 주지 않았다면 교묘하
게 다른 스펠링을 눈치채지 못했을 것이다. 얀이는 아다다
스 운동화를 중국 인터넷 쇼핑몰에서 싸게 구매했다고 말
하며 얼굴을 붉혔다. 스펠링이 한 개 다르기는 하지만 재질
은 아디다스와 똑같아서 발이 편하고, 오래 걸을 수 있다고
도 했다. 싸게 좋은 물건을 산 것을 자랑했던 것인지, 아디

다스가 아닌 아다다스인 것이 창피해서 설명이 길어졌던 것인지 잘 모르겠다. 얀이는 솔직했으나 당당하진 않았던 것 같다. 목소리가 작아서 그렇게 느껴졌던 것인가, 아니면 쉽게 붉어졌던 얼굴 탓인가. 사실 나는 아다다스 스펠링보다 너무 작은 신발 크기에 깜짝 놀랐다. 얀이의 발은 소녀처럼 작았다.

"신발 몇 신어?"

"225."

"진짜 작다."

"중국에서는 발이 작아야 미인이지요."

얀이는 늘 존댓말을 썼다. 드라마로 한국어를 배워서, 여자 주인공이 남자 주인공에게 존댓말을 쓰는 착한 드라마를 많이 봐서 그렇다고 했다. 여자 주인공이 남자 주인공에게 존대를 하면 착한 드라마인가? 반말을 잘하는 발랄한 여주인공이 나온 드라마도 제법 많았던 것 같은데. 얀이는 약한 여자 주인공이 매번 우는 드라마만 보았던 것 같다. 나는 반쯤 보다가 기어이 짜증을 내고야 마는 그런 드라마를 얀이는 좋아했을 것이다. 여주인공과 함께 훌쩍이는 얀이의 모습을 상상했다. 역시 성품은 타고나는 것인가. 힘든 상황에 화를 내지 못하고 슬픈 얼굴을 하는 사람들을 보면 마음이 이상하다. 자주 울 것 같아서, 억울한 일이 많을 것 같아서, 속으로만 담아 둘 것 같아서. 얀이가 그랬다. 발이 작아도 미인은 아니었던 그 애는 잘 울고, 억울한 일이 많았고, 그럼에도 불구하고 늘 착했다.

어느 날은 얀이가 사극 톤의 말투를 배워 와서 한국 애들에게 놀림을 받았다. 그런 말은 어디서 배웠냐고 물으니 '성균관 스캔들'의 유아인 때문이라고 했다. 얀이는 거지 분장을 한 유아인과 슈퍼주니어의 사진을 지갑에 넣어 가지고 다녔다. 얀이는 유아인을, 슈퍼주니어를, 소녀시대를 좋아했다. 한국 연예인을 좋아하는 스물네 살 여자아이는 한국말을 잘해서 한국인들에게 호감을 샀고, 연예인을 좋아해서 비웃음을 샀다. 사람들은 주류를 욕망하며 주류를 부끄러워했다. 그러니까 얀이의 솔직한 욕망이 거북했던 것이 아닐까. 연예인을 좋아하는 게 한심한 일이라고 말하지만, 사실 모두 누가 누구와 사귀었는지 어떤 옷을 입었는지 관음증 환자들처럼 훔쳐본 경험이 있지 않은가. 다들 유아인이 잘생겨서 소녀시대가 예뻐서 좋으면서, 모두 얀이를 비웃었다. 물론 나 역시 얀이가 이해되지 않았다. 스물네 살이라는 나이는 유아인이 아니라 진짜 남자친구와 연애를 하고, 연예인 화보집을 살 돈으로 화장품이나 옷을 사야 하는 것이 아닌가? 욕망을 바르고 입고 걸쳐야 하는 나이, 스물네 살의 얀이는 돈을 아껴서 가수들의 음반을 샀고 화보집과 굿즈를 샀다. 인터넷으로 주문해서 배송비까지 내려면 적지 않은 돈이었을 것이다.

그러나 얀이의 사치는 그게 전부였다. 매일 2유로, 3유로짜리 밥을 먹고 중국 민박집에 딸린 작은 방을 월세로 살며 돈을 모았다. 그렇게 모은 돈으로 뭘 할 거냐고 물으면 언젠가 한국, 청담동에 가는 게 꿈이라고 대답했다. 청담동이 타지마할 사원도 아니고, 도대체 왜 청담동에 가고 싶은 것일까. 나도 얀이를 '연예인이나 쫓아다니는 한심한 애'쯤으로 생각했는지 모르겠다. 내 기준으로는 무척 어이없는 얀이의 꿈, 나는 그것을 비웃었다.

"얀이야, 거기 가도 유아인은 없어. 슈퍼주니어는 3초도 못 볼걸."

언젠가 얀이에게 말했다. 얀이는 한참 동안 심각한 얼굴로 생각하더니 대답했다.

"괜찮아요."

"왜? 거기까지 갔는데 속상하지 않겠어?"

"거기까지 갔으면 됐어요."

"가면 무슨 소용이야. 만나서 대화 한 번 못 해 볼 텐데."

"나는 그래도 꼭 한국에 갈 거예요."

나는 얀이의 꿈을, 그 애가 꿈을 이뤄 가는 방식을 이해할 수 없었다. 프랑스에서 불어가 아닌 한국어를 공부하고, 아디다스를 신으며 돈을 모아서 연예인의 지갑을 채워 주는 것이 스물네 살의 모자란 호구처럼 느껴졌다.

"얀이야, 너 그러면 안 돼. 게네는 네가 이런 티셔츠나 부채 같은 거 안 사줘도 부자야."

나는 어른처럼 얀이를 타일렀다. 나이 차이가 크게 나는 것도 아니었는데 괜히 어른 노릇을 한 것은 어쩌면 얀이의 서투른 한국어 때문이었는지도 모르겠다.

"나는 이게 있으면 행복해요."

얀이가 대답했다.

어쩌면 고깝게 들릴 수도 있었던 나의 충고들을 그 애는 단 한 번도 싫은 내색 없이 들어 줬던 것 같다. 나였다면 선의를 악의로 받아들였을 것이다. 저 사람이 나를 무시하는 것인가, 왜 참견인가, 그렇게 날을 세우고 공격하려 했을 것이다. 얀이에게는 그런 것이 없었다. 그 애의 몸 어느 구석에도 모서리라는 것이 없었다.

"프랑스에는 왜 왔니? 차라리 한국에 가지."

답답한 그 아이에게 뾰족하게 말하면 얀이는 둥글게 웃었다. 그냥 가만히 웃기만 했다.

내가 얀이를 만난 곳은 프랑스 남자와 중국 여자가 운영하는 작은 회사였다. 얀이는 국제 무역을, 나는 연극을 전공했고, 우리는 둘 다 전공과는 상관없는 회사에서 일을 했다. 이유는 간단했다. 돈이 필요해서, 가릴 처지가 아니어서. 대학원에 막 들어간 나는 아르바이트보다는 조금 더 안정적인 일이 필요했다. 얀이도 당장에 생활비가 급했고, 좋은 직장을 꿈꾸며 면접을 보러 다닐 여유가 없었다.

회사일 자체는 어렵지 않았으나 보수가 좋은 편은 아니었다. 어찌 되었든 정규직 계약을 해 준다는 말만 철석같이 믿고, 얀이도 나도 성실하게 일했다. 적든 많든, 다달이 월급이 나온다면 대학원 생활을 편하게 할 수 있을 것 같았다. 안정이 절실했다. 회사에 다니면서 조금 이상한 곳이라고 생각했지만 어쨌든 비정규직으로 6개월을 버텼고, 결국 정규직 계약서를 쓰게 되었는데 얼마 가지 않아 회사가 갑자기 문을 닫았다. 이것저것 법적으로 걸리는 일이 많았던 듯했다. 쫓겨나듯이 겨우 반달 치 월급만 받고 퇴사를 했다. 그날 얀이와 나는 500유로짜리 수표를 꼭 쥐고 중국식당에서 밥을 먹었다. 얀이가 자주 다니는, 파는 사람도 먹는 사람도 죄다 중국인밖에 없는 작은 식당이었다. 식초에 절인 하얀 닭발과 통으로 구운 돼지족발, 가지조림, 두부 요리를 팔았는데 값이 아주 저렴했다.

얀이는 족발 하나를 시켰다. 갈색 덩어리 한 개가 3유로 정도 했을 것이다. 얀이는 손에 묻지 않게 그것을 비닐봉지에 싸서 잘근잘근 뜯어 먹었다. 얀이가 나를 위해 2.5유로를 주고 시킨 하얀 닭발은 시큼한 냄새와 물컹한 식감 때문에 비위가 상했다. 치아 사이로 미끄러지는 촉감은 도저히 견딜 수가 없었다. 난처해하는 그 아이의 얼굴이 조금은 짜증스러웠다. 식당 창문으로 중국 옷가게, 중국 식품점이 보였고 커다란 트럭에서 마네킹과 강렬한 색상의 직물들이 한 보따리씩 쏟아졌다.

"이제 뭐 할 거야?"

나는 얀이에게 물었다.

"일을 찾을 거예요."

얀이가 대답했다.

"쉽게 구할 수 있어?"

나는 다시 물었다.

"프랑스에 올 때, 큰 칼을 가져왔어요. 중국 음식 할 때 쓰는 네모난 칼이요. 운동화랑 겨울 점퍼, 옷 세 개, 칼, 이렇게 가져와서 나는 학교도 졸업하고 일도 했어요. 나는 뭐든지 할 수 있어요."

얀이가 말했다. 얀이는 네모난 칼로 뭐든지 자를 수 있다고 했다. 뼈가 많이 붙은, 값이 저렴한 고기를 사서 칼로 잘게 자르면 한 달 내내 조금씩 고기를 먹을 수 있는데, 뼈는 따로 끓여 국물을 만들고 살코기는 얼려 두었다가 양파를 많이 넣고 볶아 먹는다고 했다. 그렇게 하면 한 달에 오십 유로, 고기를 사고 양파 한 자루를 사고 쌀을 사면 충분히 먹고 살 수 있다고 말했다.

"어디서든 오십 유로는 벌 수 있잖아요."

얀이가 웃었다.

그 애가 옳다. 어디서도 오십 유로는 벌 수 있다. 나도 아주 잘 드는 칼 한 자루를 가져올 걸 하는 후회가 들었다. 쓸데없이 무거운 노트북과 선물 받은 향초, 샴푸와 린스, 칫솔, 오리털 이불 그리고 따뜻하지 않은 옷 몇 개가 내 짐의 전부였다. 여러 해 동안 쓸모없는 그것들을 다시 이민가방에 넣고 꽤 여러 곳으로 옮겨 다녔다. 칼을 가져왔으면 더 오래, 유용하게 썼을 것이다. 도마에 양파와 마늘을 놓고 다다다다 소리를 내며 다지면 마음이 조금 더 든든하지 않았을까. 내 가방에 들어 있던 것들은 자신이 뭐가 필요한지 단 한 번도 생각해 보지 않은 사람의 잡동사니들이었다.

"중국 사람들은 네모난 칼을 가져와요."

얀이가 말했다.

"한국 사람들은 전기밥솥을 가져오지요?"

얀이가 물었다.

나는 전기밥솥이 없었다. 샴푸와 린스는 가져왔지만 밥솥은 가져오지 않았다. 볶음밥에 뿌려 먹는 양념은 있었는데 고추장은 없었다. 칫솔은 가져왔지만 치약은 빠졌고, 두꺼운 이불은 챙겼는데 수건은 잊어버렸다. 뒤숭숭한 그 가방은 꽤나 무거웠다.

잠깐이니까, 내 인생에 지나가는 시기니까, 스스로 달래며 반씩 모자란 삶을 살았던 것 같다. 나는 오랫동안 그런 방식으로 살아왔다.

"칼은 왜 가져왔어?"

"그거면 모든 요리가 가능해요."

얀이는 단단한 치아로 족발을 뜯어 먹으며 눈빛을 반짝였다. 기름 묻은 입술을 손등으로 쓱 닦고, 다시 그 손으로 머리카락을 만졌다. 그러고 보니 얀이의 머리카락에서는 양파 냄새, 기름 냄새가 났다. 매일 요리를 한다고 했다. 먹을 게 없으면 양파라도 볶아서 밥을 든든히 먹어야 기운이 난다고 했다. 나는 양파같이 맵고 족발같이 질기고 닭발처럼 시큼한 것이 아닌, 술이 마시고 싶었다. 실업자가 됐고 돈은 필요했고 되는 일은 없으니, 술을 마시기 딱 좋은 조건이지 않은가. 한탄이나 하는 편이 양파를 썰거나 족발을 뜯는 것보다는 조금 더 쉬울 것이라고 생각했다. 얀이는 내게 그 물컹한 닭발을 하나만 더 먹어 보라고 접시를 내밀었다. 그 애의 고집에 결국 한 조각을 씹지도 않고 삼켰다. 눈물이 핑 돌았다. 맹물을 다섯 컵이나 들이켰다. 나는 바쁘게 먹고 정신없이 움직이는 사람들을 보며 중국산 젓가락을 든 나의 가난이, 나약함이 부끄러웠다.

"당신은 슬픕니까?"

얀이 물었다.

"그런 말은 이상해."

내가 대답했다.

"왜죠?"

"왼쪽에 있습니까, 라고 묻는 것처럼 슬프냐고 묻는 건 이상하다고."

얀이 웃었다.

"EBS에서 배웠습니다."

얀이 말했다.

나도 중국어를 배울까, 얀이처럼 불어, 중국어, 영어, 한국어를 할 줄 알면 백수가 돼도 자신감이 생길까 생각하며, 이런 고민에 비해 얀이의 질문은 너무 하찮은 것이라고 결론지었다. 당신은 슬픕니까, EBS에서는 왜 그런 쓸모없는 말을 가르쳐 준 것일까. 조금 더 일상생활에 적합한 회화를 알려 줬어야지. 당신은 슬픕니까. 나는 단 한 번도, 얀이를 제외하고, 그런 질문을 받아 본 적이 없다. 사람들은 쉽게 마음을 묻지 않는다. EBS는 어떤지 몰라도, 나는 학교에서도 가정에서도 그런 질문을 들어 본 적이 없다.

백수 생활은 짧았다. 한 달 만에 운 좋게도 번역 회사에 합격했다. 그 전에 다니던 회사보다 월급이 많아졌고, 그만큼 일도 늘어났다. 재택근무라서 상사에게 시달리는 일은 없었지만 한 달에 한 번씩 번역물에 대한 평가를 받는 일은 쉽지 않았다, 쭉쭉 그어진 빨간 줄이 많은 달에는 혹시 해고되는 것이 아닐까 마음을 졸였다. 대학원 강의는 일주일에 세 번이었고, 나머지 시간은 집에서 번역만 했다. 아침에 시작하면 금세 밤이 왔다. 하루에 이십 분 정도 바깥에 나갔던 것 같다. 슈퍼를 다녀오는 시간이었다. 낡은 컴퓨터는 과열이 되면 툭 하고 전원이 꺼졌다. 실컷 번역한 것이 한 번에 사라질 때마다 화가 치밀어 올랐다. 그 무렵 화가 많이 나서, 나는 얼굴이 늘 벌겋게 상기된 채로 살았다. 밤이 깊었는데 작업할 분량이 여전히 많이 남아 있던 날에는 가슴이 터질 것 같았다. 어떤 날은 아침부터 밤까지 다시 밤에서 아침까지, 일어난 차림 그대로 일을 하고 다시 잠을 잤다. 학교에 가는 날은 마음이 불안했다. 서둘러 끝내야 하는 일에 대한 부담감에 입이 말랐다. 단단하게 굳은 침이 돌이 되어 식도를 막았다. 취업이 얼마나 어려운 것인지 잘 알았기 때문에, 또 내게 그 이상의 기회는 오지 않을 것만 같았기에, 나는 그것을 반드시 붙잡아야만 했다.

사람들과 말하는 시간이 줄었다. 맛이 끔찍하고 괴로운 무언가를 입에 물고 지내는 느낌이었다. 그것이 무엇인지 는 모르겠으나 하얀 닭발을 삼키듯이 씹지 않고 꿀꺽 삼켰 다. 무엇이든 잠깐만 견디면 괜찮아질 것이라 생각했다. 어 떤 맛이든 혀가 무뎌지는 날이 올 것이라 믿었다. 다만, 해 지는 저녁은 슬펐다. 이유를 알 수 없지만, 나는 일기장에 '슬프다'고 적었다. 처음으로 적는 원색적인 감정이었다. 슬프다니, 얼마나 무책임한 표현인가. 깊이 없이 감정만 앞 선 유치한 시 한 구절 같은, 듣기 민망하게 반복되는 유행 가 같은 표현을 나는 자주 적었다. 부끄럽지만 그 단어 외 에는 달리 설명할 방도가 없었다.

몇 개월 동안 일자리를 구하던 얀이는 결국 마땅한 곳 을 찾지 못하고 중국으로 돌아가게 되었다.

출국하기 며칠 전, 저녁 무렵에 얀이가 왔다. 족발과 하얀 닭발 그리고 가지 요리를 가지고 왔는데, 나는 불을 켜는 것도 잊고 컴퓨터 앞에 앉아서 그 애를 기다리게 했다. 딱 오십 문장만 더하면 끝이기에 멈출 수가 없었다. 얀이가 어둠 속에서 족발과 닭발과 가지가 들어 있는 하얀 봉지를 바스락바스락 만지면서 나를 기다렸다. 삼십 분쯤? 아니, 한 시간? 잘 모르겠다. 시계를 보지 않았다. 내 사정이 급해서 얀이가 기다리는 것도, 이제 가면 다시 보기 어렵다는 것도 까맣게 잊어버렸다.

한참을 기다리다가 배가 고팠는지, 얀이가 직접 상을 차렸다. 하얀 접시에 족발과 닭발과 가지를 담았다. 전자레인지가 없어서 차게 식은 그것을, 얀이는 미안해했다. 얀이는 족발을 먹고 나는 맥주를 마셨다. 컴퓨터가 툭 하는 소리를 내며 꺼졌다. 주저앉아서 울고 싶었다. 월급을 받으면 컴퓨터를 사야지, 그러기 위해서는 더 열심히 일해야지, 몇 번을 다짐했다.

얀이가 물었다.

"당신은 슬픕니까?"

슈퍼는 왼쪽에 있습니까, 라고 묻는 말투로 얀이가 내게 슬픔을 물었다. 나는 대답하지 않았다. 얀이 다시 물었다.

"불을 켜도 되겠습니까?"

슬프냐고 묻는 말에는 아무렇지 않았는데, 불을 켜도

되겠냐는 물음에는 눈물이 쏟아졌다. 얀이에게 미안해서 흘린 눈물이었는지 힘들어서 그랬는지, 이제는 잘 기억나지 않는다.

"당신은 슬픕니다."

얀이가 말했다. 의문문이 아니었다. 그 애가 한국말을 꽤 잘한다는 것을 그때 깨달았다.

얀이가 가고 오랫동안 얀이의 말이 남았다. 한동안 슬펐다. 슬픔의 이유를 뚜렷하게 모르고, 그저 일기장에 그 일차원적인 단어를 몇 번씩 적었다.

'나는 슬픕니다.'

그렇게 또박또박 적고 나면 얀이가 떠올랐다.

"당신은 슬픕니까?"

얀이가 떠나고 수년이 지난 지금, 얀이는 없고 얀이의 물음만 남았다. 늦은 밤, 불을 끈 방에서 화면 속 깜빡이는 커서를 볼 때, 해가 지고 또 해가 뜨는 것을 보며 오늘 내가 놓친 것들을 생각할 때, 문이 잠긴 공원 너머 혼자 켜진 가로등을 볼 때, 글을 쓰고 책을 출간하고 그래도 여전히 허전한 무언가가 속을 파고들 때, 얀이는 없고 얀이의 문장만이 나를 찾아와 말을 건다.

당신은 슬픕니다, 라고.

메타포가 없는 그런 노골적인 표현은 이제는 문학에서조차 쓰지 않으니 유행이 지난 가사 같은 이야기는 그만하자고, 나는 얀이의 문장을 다그친다. 혼이 난 그것이 얌전히 머물다가 저만치 사라지는 것을 배웅도 하지 않고, 밥을 짓고 일을 하고 잠을 잔다.

가끔 얀이가 궁금하다.

잘 살까, 벌이는 괜찮을까, 결혼은 했을까, 여전히 유아인과 슈퍼주니어와 소녀시대를 좋아할까. 한국어를 기억할까. 요즘 사는 것은 어떨까. 혹시 슬플까.

얀이, 당신은 어떨까.

당신은 슬플까.

Fin d'été

살아내길,
산다는 것,
그것 하나만을 생각하고

여름의 끝

제이는 19살에 엄마가 죽고 엄마의 부엌에 남겨졌다. 모든 것이 낡고 부식되어 쇠 냄새가 나는 동네에 사는 제이는 19살 이후로 혼자 자랐다. 엄마의 죽음을 목격한 공간에서 불행의 눈에 띄지 않게 최대한 몸을 웅크리며 살아가는 제이를 떠올릴 때면, 나는 그 애가 다가가 안아 줄 수 없는 허구의 인물임이 견딜 수 없어진다.

어둠이 내려앉는 저녁, 부엌에 불을 켜고 저녁을 만들며 제이를 생각했다. 여름을 지나온 나는 누군가와 나눠 먹을 밥을 짓는데, 그 아이는 늘 그랬듯 삼각김밥과 컵라면을 먹고 있을까? 벽지가 더러운 주방에서, 끈적거리는 장판에 손을 붙였다가 떼기를 반복하면서, '걸어서 세계 속으로' 같은 여행 다큐멘터리를 보며 아직도 그 오래된 집, 주방에서 살고 있을까.

제이는 여전히 가난할 것이다. 가난은 그리 쉽게 해결되지 않는 것이니까. 제이가 사는 그곳이 소설의 세계이기는 하나, 내게는 그 아이에게 기적 같은 행운을 만들어 줄 재간이 없다. 다만, 최소로 먹고 최소로 움직이는 제이에게 가난이 큰 장애가 되지는 않을 것이라 짐작은 할 수 있다. 아무것도 바라지 않는 제이에게 가난이 절망으로 이어지는 일은 없을 것이다. 아무것도 바라지 않는 것, 그것이 내가 제이에게 줄 수 있는 최고의 무기였으니까.

나는 제이에게 죽은 엄마의 흔적이 남은 오래된 부엌과 가늘고 흐린 선처럼 살고자 하는 약한 열망 하나만을 손에 쥐여 주었다. 내가 제이였다면 황량한 달나라 같은 삶 속에 자신을 떨어뜨린 나를 원망했을 것이다. 아주 황망한 날에 내가 이곳에 나를 떨어뜨린 신을 오랫동안 원망했듯이, 그 애도 그렇지 않았을까.

다만 나는 제이가 살기를 바랐다. '잘'까지는 아니어도 그 아이의 어깨 위에 걸터앉은 절망에 눌리지 않고, 큰 행복을 바라지 않고, 컵라면과 삼각김밥에서 쌀밥과 김으로, 카레라이스, 오므라이스로, 어느 날은 김치볶음밥으로, 조금씩 맛있는 음식들을 찾아가길, 부러진 식탁 대신 다리가 짧고 단단한 교자상 위에서 이국적인 풍경이 펼쳐지는 다

큐멘터리를 보며 혹시 모를 전생의 기억이라도 더듬기를
바랐다.

왜 살아야 하냐는 물음 없이,

무엇을 위해 살아야 한다는 목표 없이,

그냥 삶이니까. 삶의 명제는 살아가는 것, 그 자체니까.

그렇게 제이가 살아남기를 기대했다.

소설의 첫 문장을 썼을 때는 버드와 제이의 이야기 그
리고 그들이 보낸 여름 한 철이 내가 문을 연 세상인 줄 알
았다. 오산이었다. 마침표를 찍는 순간, 그것이 내가 만든
세상이 아니라 제이와 버드, 그 아이들만의 것임을 깨달았
다. '모든 일은 여름 동안 일어났다'라는 문장을 쓴 순간, 마
법처럼 그 아이들이 내게 왔다. 유난히 긴 계절을 내 곁에
서 머물다가 더 이상 덧붙일 문장이 없어진 날, 여름이 끝
났고 제이와 버드도 떠나갔다. 그러니 이제 그것도 과거가
된 것이다. 버드와 제이가 가고, 과거가 된 기억을 이곳에
옮긴다. 제이는 '기억을 믿진 않지만 눈감아 줄 의향이 있
다'고 말했으니까, 나의 왜곡된 기억을 용서해 줄 것이다.

여름이었다.

15년 전과 다를 게 없는 엄마의 오래된 부엌에 앉아
「여름의 끝」을 쓰기 시작했다. 깨끗하게 닦아도 어쩔 수 없
이 세월의 때가 내려앉은 싱크대와 기름 얼룩이 있는 벽,

반듯하고 네모난 식탁, 여름 습기에 어쩔 수 없이 끈적이는 장판, 방과 후 엄마에게 하루 일과를 종알종알 떠들던 그곳에 앉아 제이의 이야기를 쓰기 시작했다.

엄마가 없으면 모든 게 무너질 것 같은 부엌에서 엄마의 부재를 안고 살아가는 아이의 이야기를 쓰는 것이 늘 마음에 걸렸다. 어쩌면 그래서 버드를 보냈을 것이다. 버드가 제이 곁에 잠시 살아 주기를 원했다.

변한 것이 없는 내가 살던 동네와 나의 집, 낡고 오래된 것들 안에서 여전히 자라지 않는 나를 발견하며 써 나간 소설은 실패한 성장기를 담은 이야기였는지도 모르겠다.

버드와 제이에게 끝까지 성숙함을 선물해 주지 못했던 것은 덜 자란, 성장에 실패한, 부족한 나의 능력 탓이다. 그래서 나의 첫 번째 중편소설 「여름의 끝」은 성장에 실패한, 아이도 어른도 아닌, 불안한 두 존재의 이야기가 되어 버렸다. 어쩌면 그들이 멋지게 성장하지 못하는 것은 당연한 일인지도 모르겠다. 가난하고, 숨기를 혹은 도망치기를 좋아하는 제이와 버드가 온전하게 자랐을 리가 없다, 시간은 성장을 보장해 주지 않는다. 사람은 저절로 자라나지 않는다.

여름 동안, 제이와 버드를 만나는 내내 수없이 물었다.

자란다는 것은 무엇일까.

무엇이 우리를 자라게 하는 것일까.

반드시 자라야만 하는 것인가.

오래 나를 괴롭혔던 질문이다.

'반드시 자라야만 하는 것인가?'

아이다운 아이인 적도 없었지만, 어른스러운 어른도 되지 못한 것 같다. 아직까지는 그렇다. 피터 팬 증후군과는 다르다. 아이인 적이 없었으니 피터 팬처럼 천진한 판타지 세계도 알지 못한다. 그렇다고 어른의 세계에 진입한 것도 아니다. 그럴만한 계기와 시기를 놓쳐 버린 나는 제이와 버드처럼 숨고 도망을 다니며 자라지 못한 채 나이만 먹었다. 그러니 실패한 성장의 맛만 혀끝에 남은 게지. 신맛도 쓴맛도 아니다. 그저 조금 떫다. 감나무에 오래 매달려 있어도 영원히 익지 않고 떫은맛을 내는 감들이 있다. 탱탱하지 않고 몰캉몰캉, 쭈글쭈글하기까지 하여 익은 것인 줄 알고 한 입 베어 먹었다가 입안에서 오래 남는 떫은맛에 놀라 퉤 하고 뱉어 낸다.

'아, 재수 없이 걸렸어.'

씹다 뱉은 감에게 모진 말을 하고 뒤돌아서면 영 마음이 좋지 않다. 누군가에게 나 역시 재수 없게 걸린 사람이면 어쩌나. 사람들이 떫은 감을 얼마나 싫어하는데.

똑같이 비를 맞고 태양을 받고 바람을 쐬면서 여전히 익지 않은 감에게 묻는다.

그런데 그냥 이런 '나'이면 안 되는 것일까?

나는 반드시 자라야만 하는가?

영원히 떫은 감인 채로 오래 매달려 있다가, 가을 끝나고 서리 내리고 눈보라 치는 날까지 버티다가, 맛도 모르는 새 한 마리의 부리에 툭 하고 떨어지면 안 되는 것인가. 조용하고 장황하지 않고 간결하게, 괜한 욕도 얻어먹지 않고, 조금 허망해도 좋으니, 한 번에 툭.

오래 묵은 떫은 감 같은 내가 쓴 소설 속 제이와 버드는 지금도 가녀린 나뭇가지에 매달려 있을 것이다. 그냥 그것이 그들에게 주어진 인생임을 짐작하고 받아들이고 그래도 가능한 한 오래 매달려 햇빛도 바람도 서리도 용감하게 맞고 살면 좋으련만.

나는 요즘 제이와 버드에게 부채감 같은 것을 안고 살아간다. 유명하지 않은 작가의 잘 팔리지 않는 소설 속 주인공으로 남게 만든 것이 미안해서. 그러나 그렇기 때문에 여전히 나와 제일 친한 그 아이들이 고마워서 애틋한 마음으로 책을 열어 볼 때가 있다.

나의 깨끗한 새 주방에서 제이의 더러운 주방을 본다.

오래된 엄마의 주방을 생각했다.

염치없다.

제이에게도, 버드에게도, 엄마에게도.

그러나 여전히 세상에서 내가 제일 좋아하는 곳은 엄마의 부엌이다. 쇠 냄새가 나는 우리 동네다. 눈을 감으면 내가 사는 이곳에서 오 분 안에 달려갈 수 있는 그곳을 한 번도 완전히 떠난 적이 없다. 나는 매일 우리 동네까지, 엄마의 주방을 향해 달려간다.

선풍기의 미풍이 발을 간지럽히고, 목덜미에는 머리카락이 달라붙고, 얼음을 잔뜩 넣은 아이스커피를 마시며 「여름의 끝」을 쓰는 내내 언젠가 사라질지도 모를 엄마의 주방을 담고 싶었다. 집집마다 대문이 녹슨 우리 동네를 기록하고 싶었다.

십오 년째 여름에만 다녀가는 그곳을, 나는 세 계절을 바쳐 기다렸다. 뚝딱뚝딱 따뜻한 것이 만들어지는 부엌, 그곳을 종종걸음으로 바쁘게 뛰어다니는 엄마, 하염없이 창밖만 바라보는 할머니와 운동을 다녀와서 마당을 쓰는 아빠, 덜컹거리는 문과 창문이 하나도 무섭지 않은 안락한 밤, 매일 술을 먹자고 전화하는 친구들, 일 년 내내 보고 싶었던 사람들, 그 모든 것을 생각하며 여름을 기다리는 것이 내 이십 대의 전부였던 것 같다.

그리고 서른다섯이 넘은 지금, 이제는 습관적으로 여름을 기다린다. 한국에 가지 않을 때도, 더 이상 술 먹자고 전화하는 친구들이 많지 않음에도, 가정이라는 것을 꾸려 이제는 내가 부엌을 뛰어다녀야 하는 나이가 되었음에도, 그곳의 여름을 기다리는 것은 끝까지 데려오지 못한 스무 살의 내가 그곳에 남아 있기 때문이다.

'이제 거기에서 마음 붙이고 잘 살아'라는 엄마의 말처럼 마음을 붙이고 이곳에서 잘 살아가고 있지만, 두고 온 스무 살의 나는 어쩔 수 없다.

오지 않겠다고 한다. 그 아이 역시 습관처럼 거기에 남아 여름에 만날 일을 손꼽아 기다리고 있다고 했다.

두고 온 것에는 원래 미련이 남기 마련이다. 미련처럼 스무 살의 나를 그리워한다. 무언가를 기다리고 그리워하는 것에 모든 시간과 에너지를 사용했던 그때를 또다시 추억하는 것을 보면, 나는 정말이지 미래지향적인 인간은 아닌 것이 분명하다. 그때가 좋아서, 지나고 나니까 모두 아름다운 추억으로 남아서가 아니다. 지금보다 더 불행했고, 더 불안했던 그 시간에 대한 죄책감이다. 나는 그것을 안고 사는 것이 그 시간을 향한 속죄인 것만 같다.

제이였던 또 버드였던 내가 그곳, 엄마의 부엌 식탁 밑에 살고 있다. 여름이 얼마 남지 않았다고, 나를 부른다.

지나간 모든 것은 생각보다 조금 더 아팠고, 생각보다 견딜 만했다는 제이에게 앞으로 다가올 모든 것들을 말해주고 싶지는 않다. 세상을 아주 조금 알게 된 그 아이가 조금 더 오랫동안 그때의 섣부른 결론을 믿으며 살아가기를 바란다. 몰라야 살 수 있다. 아무것도 모르기에 이 삶을 사는 것이 가능한 게 아닐까. 언젠가 찾아올 죽음과 상실을 모두 알고 있다면, 다가올 모든 일들을 지나간 일처럼 생생하게 그릴 수 있다면, 살아가는 것이 너무 끔찍하여 한 발짝도 앞으로 나갈 수 없을 것 같다. 여전히 아프고 견디지 못할 만큼 무서운 일들이 기다리고 있다는 것을 모두 알아버린다면, 그것은 너무 잔인한 일이다.

나는 제이와 버드가 살기 바란다. '잘'까지는 아니어도 무조건 살기 바란다. 삶의 명제인 '살아가는 일'에 최선을 다했으면 한다.

'왜'냐고 묻지 말고,

'어떻게'도 생각하지 말고,

살아내길, 산다는 것, 그것 하나만을 생각하고.

여름을 기다린다.

제이와 버드의 청춘이 숨은 엄마의 부엌을 그린다.

나는 그렇게 산다.

Paris est une fête

파리는 축제여야 파리다.
거리에서 음악이 흐르고,
카페에서는 언제나 잔이 넘치고,
지하철역 귀퉁이에서
오줌을 싸는 노숙자를 비웃는 젊은이들과
그 젊은이들을 호통치는 유대인 할머니
그리고 유난히 점잖은 신사와
엉덩이의 반을 내놓은 힙합바지를 입은 흑인 청년,
한 줄기의 빛을 향해 절을 하는 무슬림 신자와
사진을 찍는 아시아인,
그 모든 이들이 뒤죽박죽 섞여 잔을 들고
'건배'를 외치는 파리를,
나는 영원히 축제로 기억할 것이다.

파리는 축제다

헤밍웨이의 『파리는 축제다』를 들고 거리로 나왔다. 음울한 가을이었다. 젖고 밟히고 으스러진 가을이 온기를 찾아 사람을 쫓다가 아스팔트 바닥에 곤두박질쳤다. 오랜만에 빨강, 노랑 물을 들인 회색 도로의 치장한 얼굴이 구둣발에 밟혀 금세 누렇게 변했다. 파업한 청소부들의 잘못인가, 지르밟고 가는 바쁜 걸음을 원망해야 하나. 매달린 가을도 떨어진 가을도 일찌감치 축제의 끝을 예고하는 것만 같았다. 파리는 어떤지 모르겠다. 나는 요즘 떨어진 낙엽처럼 자꾸만 파리가 밟힌다.

광장의 카페에서 M을 만나기로 했다. 집으로 돌아가기 전에 술을 한잔하고 싶었다. 취하지 않게 한 잔이면 족했다. 올리브를 곁들이면 한껏 여름의 기분을 낼 수도 있을 것 같았다. 그는 조금 늦는다고 했다. 추모식에 참석했고, 공연 기획 회의가 늦어질 것 같다고 문자를 보냈다. 책 한 권을 손에 쥐고 있어서 다행이었다.

카페의 창문에 붙어 앉아 책을 들고 핸드폰만 만지작거렸다. 쉽사리 첫 장이 펼쳐지지 않는다. 핸드폰으로 하루에 수십 개씩 올라오는 기사를 검색하고, 창밖으로 어둑해진 광장을 구경하다가 책을 슬그머니 들췄다.

무프타르 거리, 생 미셸 광장과 셰익스피어&컴퍼니 서점, 익숙한 이름들이 단번에 눈에 들어왔다. 머릿속에 대로와 작은 길, 골목이 그려진 지도가 펼쳐졌다. 57년에서 60년 사이, 헤밍웨이가 죽기 직전에 썼다는 1920년대 파리는 쉽사리 그려지지 않았다. 나의 지도는 2010년 언저리 즈음일 것이다. 19구와 보비니(Bobigny)를 잇는 구간의 공사가 끝나지 않았던, 스탈린그라드의 난민촌이 철거되기 전, 샤를리 에브도를 보며 천진한 웃음을 지을 수 있었던 시절이었다.

나는 수천 명의 샤를리 에브도를 목격했다. 검은색 바탕에 흰 글씨로 적은 '나는 샤를리다'라는 문구는 일상이 되어 버렸다. 자동차 뒷유리창, 공연장 입구, 상점의 쇼윈도, 모두 '나는 샤를리다'라는 문장의 무게를 이고 일상을 살았다. 그리고 고작 10, 11개월이 지났던가. 순찰차의 불빛이 번뜩였던 그 밤에 동네 개들이 시끄럽게 짖었다. 누군가 이슬람 사원을 향해 돌을 던지며 욕설을 퍼부었다. 그는 살인마라고 소리쳤다. 바타클랑에서 백여 명을 살해한 범인을 그곳에서 찾았던 것일까. 그날 이후로 한동안 이슬람 전통 의상을 입고 기도를 다니던 할아버지와 아버지 그리고 손자가 보이지 않았다. 히잡을 쓴 여자들이 마녀라도 되는 듯 얼굴이 새하얗게 질려 달아나는 아이들도 있었다. 지평선 위로 빛이 보이는 새벽부터 해가 질 때까지 먹고 마시지 않는다는 라마단이 시작되면 경찰차가 사원을 둘러쌌다. 배를 곯은 이들의 절실한 기도 끝에는 무엇이 있었을까.

초등학교 선생님이 된 프랑스 친구는 종교의 이름으로 아이를 굶기는 무슬림 학부모와 싸웠다고 했다. 눈이 맑고 음성이 고운 아랍 친구는 라마단의 신성한 시간을 경찰들이 더럽혔다고 했다. 내게는 너무 어렵다. 어디서부터가 문화이고 종교이며 관용이고 보편적 가치인지.

한 가지 확실한 것은, 그것이 무엇이든 살인은 아니라는 것이다. 그것은 문화도 종교도 가치도 아닌 야만이다. 그 야만의 밤이 모두에게 상처를 남겼다. 파리가 상처의 도시가 되었다는 것이 견딜 수가 없다. 파리지엥이 아니어도, 프랑스의 국적을 갖고 있지 않아도, '나는 샤를리다'라고 외쳤던 다짐을 기억하는 모든 이들에게 2015년 11월 13일은 축제의 끝이 되어 버렸다.

그날 이후 광장의 풍경이 달라졌다. 기관총을 가슴에 안은 무장 군인들이 곳곳을 돌아다녔다. 우리들의 약속 장소였던 벨르생제토릭스 동상 앞에서 총부리에 어깨를 부딪치는 소녀들을 보았다. 실탄이 장착된 검은 주석의 긴 부리에 손가락을 가져다 대는 아이가 있었고, '그것은 장난감이 아니야'라고 비명을 지르는 부모도 보았다. 그들의 눈에는 분명 공포가 서려 있었다. 늦은 밤, 단체로 연행되었던 아랍인들은 모두 테러 사건의 용의자들이었던가. 테러리스트가 산다는 소문이 무성했던 서민 아파트, 기차역 근처 낡은 건물의 벽장, 그곳에는 정말 사제 폭탄과 칼라시니코프가 들어 있었을까. 1차 세계 대전이 끝난 후 광란의 시대가 열렸고 2차 세계 대전과 함께 냉전의 시대가 열렸다면, 지금 이 시대를 우리는 무엇이라 불러야 하는가. 의심과 무심의 시대라고 하면 어떨까.

나는 사막의 태양을 받아 검게 빛나는 피부를 가진 이들의 신앙을 의심했고, 사막을 건너온, 모래바람에 발이 갈라진 이들의 소망을 무심히 지나쳤다. 나는 인간이 할 수 있는 모든 악을 의심하고, 인간이 할 수 있는 모든 선에 무심하다. 나에게만큼은 절대로 일어나지 않을 일이라 믿다가도 사람이 많은 장소에 가면 덜컥 불안해진다. 언젠가 극장에서 영화가 상영되는 도중에 문을 벌컥 열고 들어왔던 아랍 남자들이 있었다. 순식간에 사람들이 웅성거리기 시작했다. 짧은 시간이었지만 그들의 손에 들려 있던 가방이,

신문이 총기일지도 모른다는 상상을 했다. 그들이 말끔한 정장 차림의 백인이었다면 어땠을까. 그런 상상을 할 수 있었을까. 나는 사람들의 웅성거림이 무엇을 뜻하는지 잘 알고 있었다. 그것은 곧 증오로 변질될 두려움이었다.

그러니 이 모든 생각이 하나의 끝을 향해 가고 있는 것이 아닐까. 내가 살아가는 지금 이 시대가 결코 '평화와 안정의 시대'로 기억되지 않을 것이라는 결론으로. 지금의 우리는 불행한 시대를 살아간 불운의 인간들로 기억될 것만 같다.

'파리는 축제다'

1920년대, 광란의 시대에 어울리는 제목이다. 책의 첫 페이지를 펼치고 레드 와인을 시켰다. 지금의 가을처럼 너무 익은 포도는 타닌이 많아 쓴맛을 냈다. 옆자리에 앉은 여자는 샴페인을 주문했다. 조금 낮은 목소리로, 비밀스러운 축제의 기분을 감추는 듯했다.

2주년이다. 무엇을 마셔도 혀에 가득 남은 쓴맛을 삼켜야 하는 추모식이 여기저기에서 열렸다. 마지막은 광장이었다. 예식도 순서도 없는 자유로운 발걸음들이 잠시 멈춰 초에 불을 켰다. 그 연약하고 위태로운 촛불들을 오래도록 지켜보는 사람들이 있었다. 바람에 쉬이 꺼지는 것에 아랑곳하지 않고, 바람은 바람의 할 일을 하게 내버려 두고, 우리는 오로지 불을 밝히는 일에 집중해야 한다는 듯이 그곳을 오래 지키는 사람들을 보았다.

카페에 앉은 사람들의 시선이 광장에 머물렀다. 꽃 한 송이, 촛불 하나, 사랑의 하트를 그린 아이의 그림과 나는 샤를리이고 또 나는 파리라고 적은 사람들의 편지가 쌓여 제본하지 못한 책이 되었다. 샤를리와 파리, 겨우 두 주인공이 나오는 그 책은 텅 빈 여백이 많았지만 문장이 없어도 우리는 어느 부분에서 눈물을 흘려야 할지 알고 있었다.

나는 올리브를 깨물었다. 그린색, 검은색 올리브의 짭짤한 맛이 아렸다. 태양을 다 보지 못하고 너무 일찍 절인 열매처럼 탱글탱글한 맛이 없이 금세 허물어졌다. 파리 11구에는 올리브가 맛있는 술집이 있다. 알이 굵고, 탱글탱글하고, 씹는 맛이 쫀득한 올리브를 한 접시 담아 주는 곳이다. 그 술집에 앉아 올리브와 함께 칵테일이나 와인, 맥주를 마시며 볼테르 대로에 흐르는 모든 것들을 감상했었다. 수많은 인파, 자동차, 자전거를 보며 누군가는 그 길이 '문명의 강이 흐르는 곳'이라고 했고, 그 '문명의 강'은 '바타클랑'이라는 성지로 흘러 들어간다고 말했다.

바타클랑, 아무리 생각해도 이해할 수 없다. 아이를 잠시 맡기고 공연을 즐기러 간 부부, 오랜만에 만난 친구들, 그저 메탈을 좋아하는 팬들, 한가한 시간에 마침 공짜 티켓을 얻은 사람들, 그들이 왜 죽어야 했는지, 왜 그들이어야 했는지.

왜 죽어야 했는가.

누구에게 던져야 할 질문인지 모르겠다. '신'을 향해 물어야 하는가. 이 모든 사단의 시작이 '신'이라던데. 정말로 그러한 '신'이 있다는 것인가. 그럴 리 없지 않은가. 내가 그런 자를 '신'이라 부르지 않겠다고 말한다면 나도 역시 죽일 텐가. 그 '신'이란 작자는 나를 죽일 것인가. 비겁하게 그들을 시켜 나를 죽일 생각인가. 존엄하게 생을 다하고 떠나는 기회를 빼앗을 것인가. 두려움에 떨며 거짓으로 당신을 숭배한다 말하게 할 것인가. 그런 숭배를 받으면 좋은가. 나를 사라지게 만들 것인가. 나를 사랑하는 이들에게 공포와 슬픔을 남기고 없어지게 할 것인가. 그리하여 '신'이라 불리고 싶어 하는 그것이 얻는 것은 무엇인가. 두려움과 공포와 슬픔을 벌 것인가.

그렇다면 나는 그를 '신'이라 부르지 않겠다. 종교라고도, 신념이라고도, 폭력이라고도 하지 않겠다. 비극이라는 말조차도 아깝다. 오이디푸스, 안티고네, 메데이아의 비극은 적어도 신성하기는 했다. 그러니 나는 그를 그저 농락이라 부르겠다. 인류를 향한, 존재를 향한 농락이니, 부디 희생자를 위해 슬퍼하되 그들이 감히 '신'이라고 읊는 그것은 단 한 줄의 기록도 남기지 못하고 사라졌으면 한다.

'그리고 고약한 계절이 있다. 그것은 어느 날 갑자기 나타날 수 있다.'

헤밍웨이의 『파리는 축제다』 불어판 번역본의 첫 줄은

이렇게 시작된다. 1920년대나 지금이나 파리의 고약한 계절의 명성은 어쩔 수 없는 듯하다. 그리고 이곳 광장에도 고약한 바람이 불었다. 단숨에 한 줄기 연기로 사라지는 촛불의 나약함을 덮치는 가을밤의 냉풍이 맹수처럼 느껴졌다. 광장 끝에서 몇 번이나 넘어지면서도 질주하던 아이가 무장한 군인들 앞에 멈춰 서서 울었다. 발을 맞춰 걷던 군인 중 하나가 몸을 숙여 아이와 눈높이를 맞췄다. 행여 총이 아이의 몸에 닿을까 총부리를 손으로 감싸 쥔 그는, 그 차가운 촉감을 아이가 평생 모르고 살기를 바랐을 것이다.

나도 그렇다. 아무도 총 같은 것을 만지지 않고 살았으면 좋겠다. 그것이 장난감 총일지라도, 총을 쏘는 사람이 결코 멋있어 보이지 않았으면 한다. 맞는 이의 육신을 뚫고, 쏘는 이의 영혼에 구멍을 내는 그것을 가짜라도 만들지 않았으면 좋겠다.

언젠가 우리는 촛불을 사이에 두고 말할 수 있을까. 상대의 것을 꺼뜨리지 않게 손가락의 스침에까지 주의해 가며, 뜨거운 입김이라도 함부로 불지 아니하며, 위태로운 바람을 막은 가녀린 손을 치우지 않고, 동이 틀 때까지 서로의 촛불을 지키며 말할 수 있을까.

촛불이 꺼지는 것보다 부는 바람에 돌아서는 발걸음이 안타까웠다. 어차피 꺼질 촛불을 향해 뛰려는 아이를 다시 불러 세우는 어머니의 다급한 목소리가 슬펐다.

총은 저리도 견고하게 흔들리지 않는데, 가장 절실한

것들부터 흔들려야 하는 만물의 이치를 나는 이해할 수가 없다. 흔들리지 말아야 할 것들을 흔드는 이 계절의 성질은 정말이지 고약하지 않은가.

M에게 전화를 걸었다. 기다림이 영 즐겁지 않았다. 가장 안전한 내 집으로 들어가서 문을 걸어 잠그고 싶었다. 너무 오래 추모식을 지켜본 것 같았다. 자리를 옮길까 고민했다. 광장이 보이지 않는 홀의 안쪽에 앉아 음악을 들으면 한결 나을까. 다시 책에 고개를 묻었다. 「생 미셸 광장의 기분 좋은 카페」 챕터를 읽으며 생생하게 떠오르는 그곳은 헤밍웨이의 파리가 아닌 나의 파리였다.

바람이 많이 부는 파리의 카페에는 언제나 몸을 웅크리고 앉을 구석진 자리가 있어서 코끝을 따뜻하게 데워 줄 와인이나 럼주 한 잔을 마시기에 좋았다. 한 잔의 술로 오래 취하도록 마시는 법을 배우기에 좋은 곳이었다. 바쁘게 움직이는 종업원의 발걸음에 어지러워지고 끊임없는 대화에 빠져 허우적거리다가, 발그레 달궈진 볼을 숨기고 이질적인 나의 존재도 숨기며 파리에 녹아들던 때가 있었다.

생 미셸 광장의 기분 좋은 카페는 모르지만 19구의 값이 저렴했던 중국인의 카페와 11구의 아랍 형제가 운영하던 카페를 알고 있다. 헤밍웨이가 좋아했던 카페를 나 역시 기웃거렸던 적이 있었고, 오페라 옆 유명한 그 카페는 딱한 번이면 족했다. 되돌아보니 파리는 축제였다. 사는 동안, 매일이 축제인 그곳을 지나다닐 때마다 파티의 주인을 몰라 나는 줄곧 심통이 나 있었다. 스스로를 초대할 줄 모르고, 누군가 잡아 끌어당겨 주기를 기대했다가 늘 실망했었던 것이 아니었을까.

그러나 파리를 아주 미워했던 순간에도 파리의 축제가 끝나기를 바란 적은 없었다. 파리는 축제여야 파리다. 거리에서 음악이 흐르고, 카페에서는 언제나 잔이 넘치고, 지하철역 귀퉁이에서 오줌을 싸는 노숙자를 비웃는 젊은이들과 그 젊은이들을 호통치는 유대인 할머니 그리고 유난히 점잖은 신사와 엉덩이의 반을 내놓은 힙합바지를 입은 흑인 청년, 한 줄기의 빛을 향해 절을 하는 무슬림 신자와 사진을 찍는 아시아인, 그 모든 이들이 뒤죽박죽 섞여 잔을 들고 '건배'를 외치는 파리를, 나는 영원히 축제로 기억할 것이다.

"건배."

샴페인을 마시던 여자가 광장을 향해 잔을 들며 조심스럽게 외쳤다. 나는 그녀의 축사가, 축제를 끝내지 않겠다는 결심의 신호탄처럼 들렸다.

"다음 달에는 바타클랑의 공연을 보러 갈 거야."

맞은편에서 맥주를 마시던 남자가 마주 앉은 여자를 향해 말했다.

"반드시 살아서 돌아와."

여자는 웃으며 대답했다. 그들이 웃었다. 남자는 반드시 살아 돌아오겠노라고, 죽이는 공연이 될 것이라고 했다.

그때 카페의 문을 열고 들어온 것은 M이었다. 그가 내앞에 서서 웃었다. 모두의 무사한 하루를 위해 바텐더는 존 레넌의 〈imagine〉을 틀었다. 두 손을 꼭 잡은 오노 요코와 존 레넌을 떠올렸다. 안개 자욱한 숲길을 지나면 화창한 날은 찾아오고, 존 레넌은 피아노를 치고 오노 요코는 창문을 활짝 연다. 하얀 드레스를 입은 오노 요코와 반짝이는 수가 놓인 재킷을 입은 존 레넌이 웃으며 입을 맞춘다. 축제의 시작이 아닌가. 활짝 갠 맑은 날이 밤을 이기고 올 것이라 믿었다. 아직 끝나지 않았다. 여기 살아서 잔을 들고 공연을 기다리고 사랑하는 이를 마주하며 웃고 있는 이 시간, 삶은 축제가 아니던가.

M이 내게 물었다.

"무슨 책이야?"

나의 대답은, 알다시피 분명했다.

파리는 축제다.

우리는 결코 축제를 끝낸 적이 없다.

에필로그

– 2012년 6월 26일, 파리에서

À Paris, le 26 Juin, 2012

나는 이제 겨우 첫 문장을 썼을 뿐이다.

2012년 6월 26일, 파리에서

서두에 편지를 쓴 장소와 날짜가 적혀 있다. 프랑스에서 으레 편지를 쓰는 방식이다. 잊고 있었던 책 한 권을 들추다가 종이 한 장이 발밑에 떨어졌다. 초라하게 나풀대는 이면지 뒷면에서 단 한 줄의 문장을 발견했다.

C'est mon dernier jour à Paris..
오늘이 파리에서의 마지막 날이다..

날짜를 보며 짐작건대 파리를 떠나기 전 날, 누군가에게 쓰다 실패한 편지인 듯싶다. '실패했다'라는 표현은 결코 과장이 아니다. 마침표도 아닌, 줄임표도 아닌, 점 두 개가 찍혀 있다. 횅한 종이 위에 몇 개 안 되는 글자들이 복통 난 아이처럼 머릿속을 데굴데굴 굴렀다. '마지막'이라고 썼다가 어쩐지 멋쩍어서 멈추었을 것이다. '마지막'이라는 단어가 가지고 있는 상투적인 감성이 싫다. 심장의 한쪽 날개가 푸드덕거리는 느낌을 경멸한다. 그즈음에서 멈추는 게 맞았다. 실패한 문장이다.

파리를 떠나기 전날에는 이민 가방 네 개와 상자 몇 개, 그것으로 모자라 쓰레기봉투에 욱여넣은 짐들이 바닥에 널브러져 있었다. 자리를 차지했던 물건들을 치우고 나니 낡은 가구들이 볼품없이 늙어 버렸다. 모두 싸구려 조립식 가구 혹은 누군가 버린 것을 주워 온 것이었다. 도저히 가져갈 수 없는 그것들을 하나씩 부쉈다. 부피가 큰 것들은 망치를 들고 깨부수는 방법밖에는 없었다. 오래 쓴 책상이 산산조각이 났고, 의자는 삼단 분해되었다. 천이 찢겼고, 스펀지가 오려졌다. 낡고 오래된 것일수록 질기게 버텼다.

한 세계가 사라지는 일이 그토록 잔인한 것임을 깨달았다. 나는 완전히 무너진 세계의 한구석, 나무 바닥에 조심스럽게 앉아 손아귀에 잔뜩 힘을 주고 겨우 이 문장을 썼다. 제법 친했던 친구에게, 어쩌면 M에게, 아니, 우리에게 썼던 편지였을지도 모르겠다. 한 줄을 쓰고, 글로는 도저히 옮길 수 없는 7년의 무게를 체감하며 너무도 가벼운 이 종이를 접었을 것이다.

혼잣말이 아닌 건네는 말을 쓴다는 것은 참으로 어렵

다. 나는 한적한 호숫가에서 물수제비를 뜨듯 말을 던졌다. 겨우 작은 자갈 몇 개를 손에 쥐고, 혹여 이 호수를 건너 어느 모래섬에 도착하지 않을까 꿈을 꿨다. 모난 자갈은 늘 생각보다 날렵하지 못하고 무거웠다. 나는 단 한 번도 물수제비를 제대로 띄운 적이 없다.

마지막 날이다..

그것은 물 위를 두어 번 통통 튀다가 허무하게 가라앉아 버린 말이 되었다.

가져갈 것이 없었다고는 해도 이삿짐이란 게 하나씩 싸놓으면 그 앞에서 기가 질리는 법이다. 닥치는 대로 버리는 나와 다르게, M은 볼품없는 화병까지 손에 쥐고 놓지 않았다. 사연 하나 없는 것이 없었다. 문제는 물건 각자의 사정과 시간을 떠안을 자리가 내게 없었다는 것이다. 우리가 살게 될 아파트도 마찬가지라고 생각했다. 그런 것들을 이고 지고 살다가는 너무 일찍 늙은 냄새를 풍기게 될 것 같았다. 물건에 자리를 내어 주고 발을 뻗지 못해, 허리가 굽고 무릎이 상할지도 모르는 일이었다.

M을 겨우 설득하여 낡은 옷과 가구들을 버리긴 했으나 대학 때 쓰던 노트와 수업 시간에 받은 인쇄물들은 포기시키지 못했다. 오랜 대학 생활 끝에 노트와 이면지로 사용할 종이들만 남았다. 그곳에 적힌 이름들을, 철학을, 이론을 까맣게 잊어갈 것이라고 짐작했다. 아무도 묻지 않는, 어디

에 써야 할지 모르는 지식을 배운 대가로 얻은 학위 한 장은 어떤 미래도 보장해 주지 않았다.

"어디에 쓰려고 그래?"

그것들을 상자에 하나씩 담는 M에게 물었다.

"이걸 어떻게 버려." 그가 대답했다.

나라면 열 번도 더 버릴 수 있었다. 그것을 빨리 버려야 우리가 비로소 현실에 항복하고 꿈에서 깨어날 것만 같았다.

무엇을 위한 시간들이었을까?

그때 즈음에 스스로에게 수없이 던졌던 질문 중 하나다. 서른을 앞에 두고 그 물음만큼 나를 괴롭혔던 게 없었다. 다르게 살아왔다고 생각했는데, 틀린 삶이 된 것 같았다. 틀린 문장이 잔뜩 적힌 노트를 서둘러 덮고 싶었다.

새 학기가 되면 대형마트에서 2유로씩 하던 노트를 10권 묶음으로 사서 M과 나눠 가졌다. 학교도 같이 다녔고 수업도 같이 들었지만, 그의 노트를 빌려 본 적은 없었다. 누군가의 노트를 펼쳐 보는 것이 도둑질 같았다. 깨알 같은 글씨로 종이를 가득 채운 그의 성실함에 염치가 없어서 차라리 포기하는 편을 택했다. 다만 반도 채우지 못한 내 것이 부끄러워 들키기 싫은 비밀처럼 숨기기에 바빴다.

공책, 비어 있는 책, 그것들을 버리지 못하고 상자에 담던 M이 허연 종이 귀퉁이에 적힌 시 한 구절을 발견했다. 그는 낙서처럼 휘갈겨 쓴 그것을 손가락으로 하나씩 짚어 가며 읊었다. 내가 뱉어 낸 것을 다시 주워 삼키기라도 하는 듯, 글자는 M의 손가락을 타고 그의 입술로 옮겨져 안정적인 발성으로 되살아났다. 나는 영혼은 죽고 몸만 살아 좀비처럼 달려드는 글자들을 피해 달아나고 싶었다.

M은 그것을 시라고 했으나 사실은 단 한 번도 완성작을 써본 적이 없는 이의 낙서에 불과했다. 누군가의 문체를 적당히 흉내 낸, 한국어도 불어도 아닌 문장들이 나의 목덜미를 물기 전에 영원히 가뒀으면 했다.

글을 쓸 수 있을까, 낙서처럼 끄적거리는 글이 아니라, 숨겨야 하는 글이 아니라, 완성된 무언가를 쓸 수 있을까. 그런 것을 쓴다고 한들 누가 읽어 줄까. 좀비 같은 글자가 적힌 종이들은 모두 이면지가 되어 버릴까.

그 모든 물음을 집어삼키고 죽은 나의 시는 무용한 것들과 함께 상자 속에 묻혔다. 오래 보지 않겠다고 다짐했다. 그리고 우연히 떨어진 종이 한 장을 주워 편지를 쓰기 시작했다.

'오늘이 파리에서의 마지막 날이다..'

점 두 개에 담긴 말을 알고 있다. 그것은 어쩌면 다음과 같은 문장이 아니었을까.

　'오늘이 파리에서의 마지막 날이다. 나는 곳곳에 오답을 적은 이 도시를 떠난다. 누군가에게 들키는 것이 무서워 서둘러 덮고 가겠다. 들추지 말았으면 한다. 반은 오답이고 반은 빈칸일 뿐인 노트다.'

　그만하자. 실패작을 재구성하는 일은 시간 낭비다. 심장 왼쪽 날개가 푸드덕거린다. 이런 느낌을 경멸한다. 그때의 나는 미완의 나를 용납할 수 없어서 서둘러 덮었을 것이다. 그렇게 조급한 마음에 겨우 한 줄의 편지만을 남겼다. 앞면에는 실패한 인쇄물이, 뒷면에는 나의 실패가 적혀 있다.

　편지를 완성하지 않은 일은 차라리 잘된 일인지도 모르겠다. 문장 한 줄, 점 두 개만으로도 충분한 실패담이었다.

　나는 어설픈 필기체로 적힌 그것을 노려보았다. 매끄럽게 흘렸어야 하는 글자의 선은 중간중간 갈피를 못 잡고 끊겼다가 때때로 선이 덧그려지기도 했다. 필기체를 배워 본 적이 없다. 프랑스인들이 쓰는 것을 흉내 냈을 뿐이다. 알아보기 힘들도록 글씨를 뭉그러뜨리면 덜 부끄러울 것이라고 생각했던 모양이다. 그때의 나를 닮았다. 문장을 완성할 줄을 몰라서 늘 여백이 남았다. 실패를 인정할 줄은 더

더욱 몰라서 쉽게 버리지도 못했다. 어딘가 뭉그러뜨려진 나는 매끄럽게 세상으로 흐르지 못해 늘 덜거덕거렸다. 지저분하게 덧그린 선들을 얼추 감추고 그것이 어떤 의미인지 나 자신도 몰라, 마침표도 줄임표도 아닌, 어정쩡한 점 두 개를 찍고 말았다.

지금은 어떤가? 어떤 부호를 찍고 있는가? 의미가 모호한 점 두 개 옆에 물음표만 하나 더해진 것인가? 답을 찾을 생각은 하지 않고 질문만 늘어 간다. 오답을 쓰는 것이 두려워서 몇 번이고 묻기를 반복하는, 신중을 가장한 소심한 사람이 되었다.

'2012년 6월 26일, 파리에서'

누구를 향해 썼던 편지였던가. 물을 한 방울 톡 떨어뜨리면 글자가 드러나는 비밀의 암호처럼 혹여 어디 숨겨진 수신인이 있지 않을까, 괜한 상상을 한다.

나는 누구에게 이 부끄러운 실패를 고백하려 했을까. 그런 것을 받아 주는 이가 내게 있었던가. 나 자신도 받아 주지 못했던 나의 실패를 누가 받아 줄 것이라고 기대했던가.

'마지막 날이다'라는 문장 끝에 찍힌 두 개의 점은 기호가 아니다. 한국어의 줄임표는 점이 6개, 불어는 3개, 나는 두 개를 찍었다. 불어도 한국어도 아닌, 마침표도 줄임표도 아닌 애매모호한 문장 끝에서 갈팡질팡하다가 결국 의미를 포기했다.

검은 쓰레기봉투를 뒤집어쓰고 여기까지 따라온 미완의 편지글은 숱하게 버려진 많은 것들 사이에서 운 좋게 살아남았다. 무엇을 위해 그 긴 시간을 숨어 지냈을까. 나의 실패를 들추고 싶었던 것일까. 아직도 완성하지 못한 나를 조롱하고 싶었던 것인가. 혹은 실패를 잊고 살았다면, 여기 도망친 너의 흔적이 있노라고 말하고 싶었던 건인가.

분명히 버리고 온 줄 알았는데, 책 사이에 몸을 숨겨 생존한 이것의 협력자는 M일 것이다. 아무것도 버리지 못하는 그가 괜한 기대로 몰래 가져온 것이 아닐까.

혹시 시가 되려나,

언젠가 시가 되지 않을까,

혼자 기대했을 그의 무책임한 긍정을 의심한다.

침대 밑에 감춰 둔 상자를 꺼냈다. 대학 시절의 노트와 인쇄물들이 차곡차곡 쌓여 빛 한 번 보지 못하고 산화되어 가고 있었다. 학대를 받은 노인들처럼 갇혀 있던 문장들이 한꺼번에 쏟아졌다. 이제는 죽고 없는 거장들의 이름과 그들의 불행과 행복 그리고 그것이 작품으로 이어지기까지의 삶, 한때 그런 것들을 적어 놓고 꿈을 꾸었던 나를 발견한다.

이곳에 다시 죽은 씨앗을 숨겨도 되는 것인가.

나는 단 한 줄짜리 편지를 상자에 담았다. 그 안에서 나의 실패도 늙어 죽기를 바랐다.

상자를 뒤적이는 나를 호기심 어린 눈으로 지켜보던 M이 손에 들고 있는 것이 무엇이냐고 묻기에 '그냥 옛날 것'이라고 대답했다. 그는 거기에 담겨 있는 것들을 하나씩 다시 꺼내 보기를 원했으나 매몰차게 거절했다. 서둘러 상자를 봉인한 후 침대 밑 어두컴컴한 곳으로 밀어 넣고 나서야 안도의 한숨을 내쉬었다.

그리고 하얀 종이를 새로 꺼냈다. 미완인 것들을 영원히 묻어 둔 채로 또다시 무모하게 첫 문장을 시도한다.

쓸 수 있을까, 낙서처럼 끄적거리는 글이 아니라, 숨겨야 하는 글이 아니라, 완성된 무언가를 쓸 수 있을까,

누군가 읽어 줄까,

누군가 수신인이 되어 줄까,

누구에게 보내야 하나,

이 글을, 마침표를 찍지 못한 이 문장을,

완성하지 못한 오늘이 또 가고 있다.

나는 이제 겨우 첫 문장을 썼을 뿐이다.

2023년, 열여섯 번의 밤

- 슬픔의 박물관

슬픔의 박물관

　지난가을에 억새밭에서 들개 대여섯 마리가 모여 사는 것을 봤다. 베개와 사람 옷, 밥그릇, 썩은 모과 몇 개로 꾸민 보금자리도 있었다. 개들은 인기척에 경계하는 눈빛을 보내면서도 공격적인 태도를 보이진 않았다. 동행자의 말에 의하면 원래 마을에서 살았던 개들이라고 한다. 늙은 주인들이 떠나고 목줄이 풀린 개 여럿이 억새밭에 내려와 사는 것이라고. 보호 센터에 신고를 권하는 내게 동행자는 고개를 저으며 크고 나이 든 개들은 센터에 보내져도 입양될 가능성이 희박하고, 그렇게 남겨진 개들은 안락사당할 위험이 있다고 했다.

　"동네 사람 몇 명이 돌아가면서 먹이를 줘요."

　그가 가방에 넣어온 사료와 물을 꺼내자 개들은 우리 주위를 슬금슬금 맴돌며 냄새를 맡았다.

"여기 봐요. 여기가 길이에요."

빽빽이 자란 억새 사이로 개들이 만든 길이 있었다. 타고난 후각과 발바닥의 예민한 촉감과 영혼의 날카로운 직감으로 만든 길. 개들은 그 길을 따라 마을과 억새밭을 자유롭게 오가며 남겨진 기억을 날랐다. 누군가 두고 간 것, 잊어버린 것, 말하자면 다 따지 못한 모과 같은 것.

"언제 모과를 물고 왔을까."

동행자는 썩은 모과를 보며 말했다.

"모과나무 집 어르신이 요양원에 들어가셨는데, 그 집에 살던 개가 여기 왔나 봅니다."

개들이 사료를 먹는 동안 동행자와 나는 그곳을 빠져나왔다. 옅은 모과 냄새가 한동안 나를 따라다녔다.

겨울에 들개들이 사는 억새밭을 다시 찾았다. 사료와 물을 가져다 놓고, 바닷물처럼 출렁이는 억새를 보며 둑길 위를 걸었다. 둑에서는 억새밭 너머로 강물이 보이고, 그 강물이 얼마나 멀리까지 흘러가나 헤아려 보면 그 끝은 겨우 내가 아는 작은 항구 도시, 거기서 강은 바다가 된다.

십오 년 전에 그 도시에서 아빠와 짬뽕에 소주를 마셨다. 항구 근처에 있는 중국 식당이었는데, 한때는 크고 호화롭고 유명한 곳이었다고 했으나 우리가 갔을 때는 먼지만 내려앉은 장식들이 흉물스럽게 보였다.

"여기가 참 유명했었는데……"

아빠는 소주를 마시면서 몇 번이나 그 말을 했다.

"사람이 바글바글했었는데……"

그 말도 몇 번씩 했고,

"이제 아무도 없네."

빈 식당에 아빠의 목소리가 울렸다.

식당에서 나왔을 때는 해가 저물기 시작했고 아빠는 취해 있었고, 나는 기름진 음식과 술, 비릿한 바다 공기에 속이 울렁거렸다. 우리는 항구를 걸었다. 낡은 배들이 몸이 묶인 채 물 위에 떠 있었다.

"이제 다시는 저 집에 가지 말자."

아빠가 말했고,

"왜?"

내가 묻자,

"사람들이 많이 몰리는 것도 다 이유가 있고, 빠져나가는 것도 다 이유가 있으니까."

아빠가 대답했다.

"너는 벅적벅적한 곳에서 남들이 다 좋다고 하는 거 하고 살아."

아빠가 내 손목을 꽉 붙잡고 늙은 어부 몇 명이 담배를 피우는 부두를 돌며 말했다. 좋은 곳에 가라고, 더 좋은 곳으로 가라고. 그런 곳이 어디냐고 물으면 정작 아무 말도 못 하면서. 그런 곳이 어디 있는지 알려 줘야 가지 않겠냐고 말하면, 괜히 뒤돌아보며 어쩌다 이렇게 됐을까…… 그

말만 중얼거렸다.

"어쩌다 저런 걸 두고 갔을까."

둑 위를 걷다가 신발 한 짝과 체인에 바퀴가 묶인 자전거를 발견하고 M이 말했다. 한때 누군가의 발, 다리였던 것들. 그런 것들은 참 이상하지, 아무 말 없이 슬픔이 무엇인지를 말하니까. 슬픔을 말하지 않고 슬픔이 되어버리니까. 나는 둑 위에 버려진 것들을 가만히 바라보며 들개처럼 신발과 자전거의 기억을 물고 달리고 싶다고 생각했다. 그런 것들을 물고 가서 차곡차곡 쌓아 두면 그곳은 슬픔의 박물관이 되려나? 나의 꿈은 버려진 신발 한 짝과 굴러가지 않는 자전거를 지키는 박물관이 되는 것. 벅적벅적하던 사람들이 다 떠난 곳에 혼자 남아 '어쩌다 이렇게 됐을까'라고 말하는 이의 기억을 보관하는 저장소가 되는 것. 억새 풀밭처럼 빽빽하게 자란 시간 사이로 길을 내어 되돌아가고 싶은 순간이 있다. 모과처럼 물고 오고 싶은, 신발 한 짝과 멈춘 자전거를 닮은 누군가의 슬픔이 있다. 내게는 그런 것이 있다.

"저기 봐!"

M이 가리키는 곳에 개 한 마리가 있었다. 노랗고 기다란 억새 사이로 성큼성큼 걸어 나오던 털이 누런 개. 누런 개는 우리를 보고 폴짝 뛰어 둑길로 올라왔다.

"루이라고 하자."

M이 개에게 이름을 붙여줬다. 누렁이가 딱 어울리는 외모인데…… 느닷없이 태양왕과 동명이 된 것을 그 개는 알았을까. 루이! 이름을 부르자 루이가 우리를 바라봤다. 우리는 루이와 몇 미터쯤 거리를 두고 가만히 서 있었다. 섣불리 다가가면 안 된다는 것을 알고 있었다. 그곳에서는 오감으로 존재를 인식하고 인정하는 루이의 방식을 따라야 했다. 탐색을 끝낸 루이는 조심스럽게 다가와 나와 M의 냄새를 맡았고, 버려진 신발을 입에 물고 둑길을 따라 걷기 시작했다. 집주인이 손님을 마중하듯, 안내하듯. 우리는 자연스럽게 루이의 뒤를 따라 걸었다.

"어디까지 저걸 물고 갈 생각이지?"

한참을 걷다가 M이 물었다. 루이는 묵묵히 걷는 걸음과 꼿꼿한 꼬리로, 오직 앞서가는 이에게 필요한 확신으로 대답할 뿐이었다. 겨울바람이 매섭게 불었다. 억새풀이 쓰러지며 거친 숨소리를 냈고, 사방이 고요했으나 가만히 귀 기울이면 생명들의 몸짓이, 그들의 언어가 몇 겹의 층을 쌓았다 부서뜨리기를 반복하는 소리가 들렸다.

우리는 걷는 동안 서로의 과거를 이야기했다. 살았던 집과 다녔던 학교, 떠난 동네를 이야기하며 조금씩 더 먼 과거로 나아갔다. M은 그가 어릴 때 할아버지가 살던 동네에서 만난 검은 개 이야기를 시작했다. 언젠가 빛이 비처럼 쏟아지는 검은 숲에서 길을 잃었다가 검은 개를 만난 적이 있었고, 그 개를 따라 걷다 보니 어느새 숲의 끝자락에 이르러 그를 기다리던 할아버지를 만날 수 있었다고.

"그날 이후로 할아버지네 동네에서는 그 검은 개만 따라가면 길을 잃지 않고 할아버지한테 갈 수 있었어. 그래서 지금도 저런 개를 쫓아가면 꼭 할아버지를 만나러 갈 수 있을 것 같은 기분이 들어. 어릴 때 봤던 만화처럼 개를 따라 걸으면 시간이 거꾸로 흘러서 나는 다시 어려지고, 이 길은 내가 어릴 때 걸었던 커다란 숲이 되고, 숲이 끝나는 곳에 할아버지가 있는 거지. 그렇게 그리운 순간에 도착하는 거야. 그런 상상을 해 볼 때가 있어."

M이 말했다.

나는 그건 좀 무서울 것 같다고 농담처럼 말했지만, 어쩌면 조금은 다른 방식으로 그런 일이 가능할지도 모른다고 생각했다. 기억은 어떤 시간을 돌아갈 수 있는 장소로 만들기도 하니까. 우리가 십오 년 전의 항구 도시나 검은 숲이나 모과나무가 있던 집을 다녀오는 것처럼. 그렇게 기억은 과거에서 멈추지 않고 현재가 되고 또 미래가 된다.

M은 걸으면서 할아버지에 대한 추억을 끊임없이 이야기했다. 그는 전쟁과 가난과 기쁨과 실패를 겪으며 살았던 한 사람의 인생을 한 조각씩 가져와 우리가 함께 걷는 시간에 엮어 나갔다. 우리는 둘이었지만 이야기를 통해 세 사람의 생으로 확장된 길을 걸었고, 그렇게 우리의 기억은 그

좁은 둑길에 무수히 많은 생을 초대할 수 있었다. 그 사이 루이는 신발을 물고 여전히 둑길을 따라 걸었다. 가고자 하는 곳을 아는 이의 확신으로. 뒤를 따르는 우리와 루이 사이에는 일정한 거리가 있었고, 그 사이로 어느새 루이의 그림자가 점점 자라났다.

"해가 지려나 보다."

M이 말하는 순간 억새풀이 눕는 방향을 바꿨다. 한 무리의 새들이 낮게 또 넓게 V자를 그리며 날았고, 마을에서는 멀리 있는 누군가를 부르는 신호처럼 흰 연기가 올라왔다. 루이는 마침내 걸음을 멈추고 우리를 돌아봤다. 노란 들녘으로 오렌지색 빛이 번지기 시작하더니 이내 검붉은색이 되었다. 루이는 신발을 내려놓고 잠시 멈춰 앉았고, 우리는 루이의 뒤로 해가 사라지는 모습을 지켜봤다.

"나는 어릴 때 땅이 해를 삼키는 줄 알았어."

내가 말하자,

"사탕처럼?"

그가 물었고,

"응. 아주 뜨거운 사탕처럼."

내가 대답했다.

그림책에서 봤던가. 뜨거운 사탕을 물고 울고 있는 땅의 얼굴을 본 기억이 있는데…… 내가 잠들기 전에 그 책을 읽어 준 사람은 그 구절을 읽을 때마다 땅이 되어 흐느끼는 시늉을 했고, 내가 두 손으로 그의 얼굴을 감싸면 "아이 시원하다"라고 말했다. 그는 내게 밤에 우는 것들은 모두 속이 뜨겁기 때문이라고 했다. 새도 개도 사람도 태양처럼 뜨거운 것을 삼키느라 우는 것이라고.

"그러고 보면 흙은 붉은색이야."

M이 말했다.

밤마다 땅은 커다란 입을 벌려 태양을 삼키고, 그것을 조금씩 녹여 흙을 붉게 물들이는 것일까. 흐느끼는 시늉을 하던 얼굴이 떠올랐다. 그 붉은 얼굴이 어쩌다 이렇게 됐을까 물었을 때, 나는 처음으로 뜨거운 것을 삼킨 고통이 무엇인지 어렴풋이 느낄 수 있었는데……

"저기 봐."

해가 지는 풍경을 가리키며 M이 말했다.

땅이 해를 완전히 삼켰다. 어둠이 왔다. 소중한 것의 보금자리가 될 붉은 흙을 만들기 위해 누군가 울고 있었다.

"돌아가자."

우리가 움직이자 루이는 천천히 일어나 제자리를 한 바퀴 돌았다. 우리는 루이에게 작별 인사를 건넸고, 루이는 잠시 멈칫하다가 다시 신발을 물고 억새 풀밭으로 사라졌다. 우리는 그렇게 루이와 헤어졌다. 루이는 지금 또 어떤 기억을 물고 일몰을 향해 걷고 있을까?

그날 이후로 루이를 다시 본 적은 없지만, 나는 종종 그때 그 일몰의 순간으로 돌아가 루이의 뒷모습을 만나곤 한다. 하루에도 몇 번씩 내 안에서 해가 지고 억새풀이 누우면, 그 길에서 나눴던 우리의 기억을 들개처럼 물고 걸어보곤 한다. 슬픔을 말하지 않고 슬픔이 되는 곳을 향해, 슬픔의 박물관을 향해 그렇게 한 걸음씩 걸음을 옮길 때마다 어김없이 떠오르는 것은 더 좋은 곳으로 가라던 당신의 말. 나는 이제 컴컴한 항구에 두고 온 15년 전의 당신에게 말할 수 있다. 더 좋은 곳이 어디인지 알게 됐다고, 그런 곳을 찾은 것 같다고. 당신의 뜨거운 기억을 물고 나는 이미 그곳으로 향해 가고 있다고.

열다섯 번의 밤

신유진

개정판 2쇄 2023년 12월 15일

지은이 신유진
편집 신승엽
사진 · 디자인 신승엽
펴낸이 신승엽

펴낸곳 1984BOOKS (일구팔사북스)
주소 전라북도 익산시 창인동 1가 115-12
팩스 0303.3447.5973
전자우편 1984books.on@gmail.com

www.instagram.com/livingin1984

ISBN 979-11-90533-29-4 (03810)

1984BOOKS